Trois Alexandrines

DE LA MÊME AUTRICE

Petit traité des villes à l'usage de ceux qui les habitent, *Fayard, 2008*

François Hollande président élu (*avec Marc Chaumeil*), *Privat, 2012*

Pour en finir avec les grincheux : contre le discours du déclin, *Fayard, 2013*

Le 2e à 1 euro : comment le marketing nous manipule, *Fayard, 2015*

Sibylle Vincendon

Trois Alexandrines

Stock

Citation p. 262 : Lawrence Durrell, *Le Sourire du Tao*, trad. Paule Guivarch, 1980 © Éditions Gallimard.

La correspondance Durrell/Miller est extraite de *Lawrence Durrell/Henry Miller, Correspondance 1935-1980*, trad. Bernard Willerval, Frederic-Jacques Temple, Françoise Jaouen, Buchet-Chastel, 2004.

Couverture Le Petit Atelier

Jaquette © Coco Bel Œil
Photographies : collection privée

ISBN 978-2-234-09260-0

À la mémoire d'Éric Vincendon, mon oncle
(1929-2020)

1

Ma légende d'Alexandrie

Lorsque la future baronne de Menasce pénétra pour la première fois dans le grand magasin des Trois Quartiers vers 1890, elle ne s'appelait que Rose Larriba. Mon arrière-grand-mère n'était pas encore la rayonnante figure d'Alexandrie qu'elle deviendrait. Elle n'était pas non plus l'une des clientes de ce commerce conquérant fondé en 1830, régnant sur l'angle du boulevard et de la place de la Madeleine, entouré d'un désordre de carrioles, de chevaux et de passants. Elle n'était pas grand-chose.

Elle devait alors avoir seize ou dix-sept ans. Sans doute était-elle née en 1875 dans le XVe arrondissement, et avait-elle été reconnue un an plus tard. À l'époque, ce quartier est populaire. Le père de Rose, l'Espagnol Larriba, est chauffeur au vrai sens du terme, il enfourne toute la journée le charbon des chaudières. Sa mère, Claudine, est piqueuse de bottines. Elle troue le cuir pour glisser les lacets ; j'imagine bien le geste, le poinçon et l'état de ses mains. Rose est-elle allée l'école ? Jusqu'à quand ? L'appelle-t-on déjà Rosette ? Elle aurait pu devenir ouvrière. Pourtant, au moment où je l'attrape, elle est vendeuse aux Trois Quartiers. Qui a-t-elle pu rencontrer pour se voir offrir cette position, ce minuscule cran de plus dans l'échelle sociale ? Peut-être suffit-il d'être un joli petit format aux yeux clairs, ravissante personne qui décorera agréablement les rayons de ce commerce moderne si clair, si lumineux.

Enfant, Rosette a arpenté des kilomètres de ruelles mal pavées et crasseuses, accrochée aux jupes de sa mère qui apportait son ouvrage dans d'obscures boutiques. Maintenant, toutes deux livrent aussi dans des maisons bourgeoises, chez des dames. Claudine rectifie la pèlerine de sa fille, ajuste un ruban, sonne à l'entrée des fournisseurs. Une solide Bretonne qui porte encore la coiffe ouvre la porte. « Oh, mais qu'est-ce qu'elle a grandi votre fille ! Une vraie petite femme maintenant... Et qu'est-ce qu'elle va devenir cette mignonne ? Tu vas faire les bottines comme maman ? » Rosette regarde sa mère, cherche un début d'approbation, un signe. « J'aimerais mieux pas. » La grosse femme éclate de rire. « Ah bon, t'aimerais mieux pas ? En voilà un petit caractère… Et tu voudrais quoi ? » « Je voudrais être vendeuse dans les nouveaux magasins. » « Eh bien, tu n'as qu'à aller te présenter… »

Rosette ne veut pas faire les bottines comme maman, et Claudine, mère bienveillante, espère pour sa fille un destin sans l'épuisement du travail à la tâche. Voilà donc la jeune fille embauchée, terrorisée et excitée, cramponnée au serment qu'elle s'est fait de ne pas gâcher une si belle occasion. Je la suppose bien assez futée pour saisir le ton, les politesses, les gestes nécessaires pour grimper la marche. Qu'attend-on d'une vendeuse dans ces années-là ? Qu'elle soit souriante ? Bien élevée ? Propre ? On a vu des milliers de photos d'ouvrières, on a la perception, même fugace, de la vie des ateliers, des blanchisseuses, des cousettes. Le cinéma, sans doute… Mais des demoiselles des grands magasins, rien, aucune image. Pas une trace.

Les portraits les plus anciens de Rosette sont conservés dans des albums que mon oncle Éric me fait découvrir. En feuilletant les pages, je vois apparaître une femme que je ne connaissais pas. Je ne parle pas de la connaître en vrai : elle est morte dix ans avant ma naissance. Je pense à celle que je croyais saisir au travers des histoires de famille. Mes deux parents sont natifs d'Alexandrie. Ils ont quitté l'Égypte en 1950. Je suis née dix ans plus tard à Paris. Flottait dans l'air le souvenir diffus et fascinant des trois Alexandrines qui en constituaient la toile de fond. La grand-mère, la mère, la fille. Rosette, Claire, Claude. Ou encore mon arrière-grand-mère, ma grand-mère, ma tante.

Je ne les avais jamais vues, je les imaginais en m'accrochant à des bribes de phrases : « Et ta grand-mère Claire qui était terriblement brillante, et Claude qui était si belle… Ah, quel malheur, morte si jeune et puis vraiment, ce Lawrence Durrell, quel sale bonhomme, qu'est-ce qu'elle était allée faire avec lui ? » Soupirs et mine accablée du gâchis.

Devant les albums, une étrange évidence s'est imposée. J'étais d'Alexandrie et je ne le savais pas. L'histoire de Rosette faisait partie de la mienne. Cette arrière-grand-mère morte bien avant ma venue au monde m'avait, de fait, enracinée de l'autre côté de la Méditerranée. Le récit de son existence était au point de départ de notre légende d'Alexandrie, de ce monde brillant et cosmopolite, splendide et festif, de cet Orient abandonné et perdu dont je n'ai jamais trop su dire si les adultes de mon enfance le regrettaient. Je l'ai reçu en pièces détachées, par morceaux épinglés aux basques des femmes de la famille – Rosette, Claire, Claude – plus flamboyantes, plus attachantes que les hommes. Toutes trois descendaient des barons de Menasce, illustre famille de l'aristocratie juive d'Alexandrie. J'en descends aussi, et pourtant j'ai longtemps regardé leur histoire comme n'étant pas la mienne. Jusqu'au jour où j'ai admis qu'il était peut-être temps d'en finir avec ce déni et d'aller à leur rencontre. Avec Rosette, cette petite personne douée pour la survie, j'ai attrapé un début.

Je regarde une photo d'elle jeune femme. Quel âge ? Vingt ans ? Quand elle est photographiée pour ce portrait, la tête légèrement tournée, le regard songeur et le demi-sourire, elle n'est plus vendeuse. Il faut éliminer mentalement les perles et le diamant autour du cou, le bijou retenant les cheveux, les boucles d'oreilles et ne garder que le visage d'une très belle femme. Sait-elle qu'elle est belle ? Bien sûr. Ces messieurs lui tombaient tous dessus, affirme mon cousin Jimmy dont elle fut la grand-mère. Avant, c'est un peu l'histoire de l'homme qui a vu l'homme qui a vu l'ours car, dit-on, une dame aurait appris de sa coiffeuse à qui Rosette l'aurait dit que cette dernière avait rencontré son mari en lui vendant des gants lorsqu'elle travaillait aux Trois Quartiers. Son mari ? Le baron Félix de Menasce ? Félix n'aurait acheté des gants qu'en Angleterre, répond mon cousin Jimmy. Alors, qui est-ce ?

Simon Philippart a belle prestance. Il a passé la trentaine. La moustache en croc, l'allure nez au vent, la posture de l'époque. Il va et vient dans le rayon, observe la marchandise, et la marchande, l'œil pointu sur les gants en daim, exigeant, le coude posé sur le comptoir, demande une paire, puis une autre, vous ne les avez pas en pécari, remontrez-moi ceux d'avant, oui ceux-là… Il dresse la main pour l'essayage, vous pensez que c'est ma taille ? Attendez, laissez-moi voir. La vendeuse appuie un peu sur le creux entre le majeur et l'index, peut-être une demi-seconde de trop, celle d'un regard. Simon lui parle autant que la circonstance le permet, achète trois paires, revient le lendemain pour en changer une et se lance. A-t-il démarré franco ? « Si mademoiselle le permet, j'inviterais bien mademoiselle… » Où vont-ils ? Aux Ambassadeurs, à la Cigale, à l'Eldorado, les plus importants cafés-concerts du moment ? L'emmène-t-il au théâtre ? Au restaurant ? Lui fait-il boire du champagne ? Il veut l'impressionner, lui sort le grand jeu. Cela pourrait l'accabler, lui rappeler tous ces codes qu'elle ne possède pas. Rien du tout, cet empressement la galvanise. Bien des années plus tard, mon oncle, mon cousin m'assureront qu'elle avait de la repartie. Je la vois bien tenir tête à ce jeune monsieur qui se vit en conquérant. À tous égards.

M. Simon Philippart père est un financier belge enrichi par le rachat de compagnies de chemin de fer entre la Belgique, le Luxembourg et même le nord de la France. Il constitue un réseau de bric et de broc, joue contre ou avec les chemins de fer nationaux qui se montent en parallèle mais c'est de bonne guerre puisque l'État belge, après avoir accueilli sur son territoire le premier train du continent européen en 1835, a choisi de distribuer des concessions à tout-va, quitte à laisser construire des lignes concurrentes en face des siennes. Philippart père accumule des sociétés ferroviaires, négocie leur vente au mieux de ses intérêts, crée des bouts de réseau jusqu'en France, noue des associations avec des banquiers allemands même si, en ces lendemains de guerre de 1870, cela frôle l'intelligence avec l'ennemi. Il est habile, malin et redoutable. En 1872, Simon père fonde une banque, il entre dans le capital de plusieurs autres. Puis arrivent les soucis, ce n'est plus l'opulence, les affaires se dégradent.

Quand Simon fils rencontre Rosette au rayon gants pour messieurs des Trois Quartiers, Simon père n'est déjà plus le flamboyant personnage de ses débuts mais le fils, lui, a déjà bien entamé son ascension. Il déborde d'ambition, d'idées de rachat, de montages d'affaires, de banque, de Bourse, de projets de construction de quartiers entiers, avec des immeubles, des villas, un tramway, là-bas en Égypte parce qu'il n'y a que là-bas qu'on peut réussir. « Que veux-tu, ma petite Rosette, ici, il ne reste rien pour un homme comme moi… » Que répond Rosette, elle qui n'a quitté les frontières de la paroisse Saint-Lambert de Vaugirard que pour s'aventurer rive droite et c'était déjà beaucoup d'accomplir ce voyage-là, hors de sa condition, dans un autre monde ? Se sent-elle subjuguée, emportée, écrasée par l'impétueux personnage ? Ou seulement baratinée ? À mon avis, elle écoute. Toutes ces manières de Simon, son éducation, ses façons de parler, ce qu'elle a sous les yeux, constituent son objectif personnel. Rosette écoute et elle apprend. Sa méthode pour garder la tête hors de l'eau. Elle attrape tout, les mines, les mots, les attitudes de cette bourgeoisie regardant les petites vendeuses de haut sauf Simon qui lui dit qu'il l'aime, l'inonde de serments, la couvre sans doute de cadeaux. « Et nous partirons ensemble, je t'emmènerai en Égypte… »

« En Égypte ? Si loin ? Ah, j'aurais trop peur ! » « Mais non, mon cœur, mon chou, mon pinson ! » Je ne sais pas comment on appelait l'être aimé dans ces années-là mais je suis sûre qu'il la comble de promesses d'avenir ensemble, « rien que nous deux ». Il lui décrit la mer qu'elle n'a jamais vue, cette sorte d'éternel beau temps qui la fait rêver quand elle frissonne dans les rues grises et humides de Paris, les palais que l'on construit là-bas, la ville d'Alexandrie si belle, si neuve, si magnifique. Ils sont là, serrés dans un fiacre, elle grelottante, lui volubile, enfiévré par ses projets de réussite, de fortune. Il parle, parle, sans discontinuer, l'écoute à peine quand elle lui dit qu'elle est amoureuse. Elle ose : « Et si on se mariait ? » La voiture passe un cahot, ça bringuebale dans des bruits de caisse, Simon fait celui qui n'a rien entendu. « Simon, je suis enceinte. »

*

Paul vient de naître. Simon a installé Rosette dans un bel appartement où il vit sans y habiter, comme un homme chez sa maîtresse. Il n'a pas reconnu son fils qui porte le nom de sa mère, Larriba. Comment justifie-t-il de ne pas l'épouser ? Par des choses à régler. « Pas tout de suite, je te promets, mon amour, nous nous marierons quand nous serons en Égypte. » Elle, cette perspective l'attire et l'effraie à la fois. La grande vie à Alexandrie, quand même. Pour la décrire, Simon a du talent. « Tu verras, mon amour, les bals, les grandes maisons, toute cette élégance, ces robes, ces bijoux... Tiens, dès que nous y serons, je t'emmène chez Horovitz et je t'offre un collier, ou des boucles d'oreilles, ce que tu veux ; c'est le meilleur d'Égypte, tous les gens qui comptent à Alexandrie se fournissent chez lui. Trop cher ? Penses-tu... Mon cœur [mon pinson, ma colombe, ma chérie...], j'ai trop hâte de montrer à tous ces messieurs la plus belle femme d'Alexandrie ! » C'est bien séduisant. Rosette s'y voit déjà, frémit d'envie. Toutefois, la modeste personne du peuple en elle sait qu'on ne prend pas des vessies pour des lanternes et la petite voix intérieure de la fille venue d'un milieu où un sou est un sou l'appelle à garder la tête froide. Rien que de penser à la traversée, elle panique d'avance. Simon la voit hésiter, glisser d'un « Oh oui, ce serait trop beau ! » à un « Tu es bien certain que ça se passera comme cela ? ».

Simon sent que quelque chose coince et Rosette finit par dire quoi. C'est Paul. « Faire un si long voyage avec un enfant si petit ? Tu es sûr ? »

À ce point-là de la négociation, sans pouvoir affirmer lequel des deux a cette idée brillante, la situation se débloque. Soit c'est lui : « Écoute, nous allons emmener ta mère, tu seras plus rassurée. » Soit c'est elle : « Et si ma mère venait avec nous ? Je serais plus rassurée. » En tout cas, les voilà d'accord. La mère de Rosette partira en Égypte avec eux.

Comment cette femme, Claudine la piqueuse de bottines, accepte-t-elle d'aller dans ce pays lointain ? Comment sa fille parvient-elle à la convaincre ? Hypothèse la plus vraisemblable : Claudine aime son enfant. Elle veut la protéger, Rosette a à peine vingt ans et ce Simon, tout charmeur, tout séduisant, tout prometteur qu'il soit, peut-on lui faire confiance ? Après tout, il ne s'est pas gêné pour lui coller un mioche. Mais il a l'air de tenir à sa conquête, lui qui paie tout, le voyage, le bateau, le train de vie. Et Cyprien, le mari de Claudine, le père de Rosette, que pense-t-il du parcours de sa fille qui entame quand même – cela ne me plaît pas beaucoup de l'écrire – un destin de cocotte ? Est-il encore vivant dans ces années-là ? Cyprien Larriba l'Espagnol est fils d'un militant carliste réfugié en France en 1876 après le dernier échec politique de ce mouvement de légitimistes absolus, Dieu, ma patrie et mon roi. Le grand-père, combattant de ces rangs-là, a sûrement passé les Pyrénées d'assez mauvaise humeur et l'on peut parier que l'éducation de ses enfants n'a pas été drôle tous les jours. Élevé dans cette ambiance et devenu père à son tour, Cyprien ne devait pas être commode. Si Claudine part vers l'Égypte avec sa fille, il n'est sans doute plus là pour dire non. Cette version m'arrange. Toutefois, je pourrais aussi imaginer qu'il s'en fiche, qu'il pochetronne du matin au soir, n'a pas son mot à dire vu qu'à la naissance de la gamine il a mis un an à la reconnaître, et qu'avec un père pareil la résilience de Rosette est encore plus admirable. Je m'égare.

2

L'aventurier

À Alexandrie, l'arrivée d'un affairiste supplémentaire n'est pas une nouvelle. Tout juste un nom de plus dans le récit des réceptions racontées par les gazettes du cru, enthousiasmées par la brillante soirée (de tel ou tel) où le Tout-Alexandrie mondain se pressait « au milieu d'un cadre des plus ravissants, où rien ne manquait à cette soirée dont tous les invités ont emporté le plus charmant souvenir : champagne pétillant, buffet somptueux, et orchestre à la fois entraînant et mélodieux. La bonne grâce et l'affabilité exquise des hôtes ont contribué à créer une douce atmosphère parmi la foule élégante qui se pressait dans leurs somptueux salons » (ce n'est pas moi qui écris). À ce moment de l'article, arrive la partie la plus délicate pour le chroniqueur : la liste des « remarqués au hasard », autrement dit : de tous les invités en essayant de n'oublier personne.

Dont Simon Philippart. Le voici partie prenante de la bonne société d'Alexandrie, avec sa charmante femme. Tout le monde trouve le couple délicieux. « Lui, c'est le fils du Philippart des chemins de fer, le millionnaire belge. » « Celui qui possède presque toutes les compagnies là-bas ? » « Oui, oui, celui-là... » On croit savoir que le fils a de grands projets en Égypte, qu'il rachète des terrains partout, peut-être pour faire un tramway, une sorte de ville nouvelle... « Il a des appuis dans la haute finance, c'est sûr... Avez-vous vu leurs réceptions ? Les Cattaui, les Aghion, les Menasce... Même les Finley se sont déplacés chez eux. » « Vous en êtes sûr ? » « Absolument, mon cher... » Rosette irradie. Elle est belle comme un soleil, vive et suffisamment maligne pour que rien ne se sente de sa petite éducation. Elle n'en revient pas d'être là, dans ces galas de charité, ces bals costumés, ces palais, parmi tous ces gens qu'elle enviait de si loin il n'y a pas cinq ans. Elle qui a eu tellement de mal à accepter de partir.

Elle se souvient encore de cette glu de sentiments contradictoires, l'excitation du voyage qui s'annonce, douchée par la réalité des fumées sous la verrière de la gare à Paris, des bruits de machines, de la foule, la bousculade des porteurs… « Ne me lâche pas, j'ai trop peur qu'on se perde. » Dans le train, l'angoisse d'avoir fait l'erreur de sa vie, l'envie de revenir en arrière et puis : « Non ce n'est pas possible, tiens le coup, ma fille, mais Dieu que c'est long… Simon, quand arrivons-nous ? » Enfin, le port de Marseille. Où sont les bateaux, les voiliers, les images d'enchantement que Rosette a vues dans les almanachs, les calendriers ? Tout est affreux à la Joliette, les entrepôts gris et sales, les quais encombrés de ballots, les marins qui crient, les dockers qui crachent par terre, les cargos rouillés et cette grosse barque crasseuse qu'il faut prendre pour rejoindre le paquebot des Messageries maritimes. Rosette est fourbue, elle en pleure de fatigue.

La traversée dure six jours. Lorsque l'on n'a jamais navigué, c'est bien assez. Le matin de l'arrivée, tandis que l'on aperçoit la côte, tout le monde est sur le pont, la mer est lisse, le soleil tape, les yeux se plissent. Rosette est cramponnée au bastingage, elle ne quitte pas du regard ce qui apparaît lentement, avec Simon à ses côtés qui tend le bras : « Et là, tu vois, c'est Kaït Bey, oui, c'est un fort, il y avait le phare d'Alexandrie à cet endroit dans l'Antiquité. Comment, tu n'en as jamais entendu parler ? Les sept merveilles du monde, ça ne te dit rien ?... Bon, là, plus loin à droite, c'est la presqu'île de Ras el Tin, il y a un palais, et derrière l'éperon, on ne le distingue pas encore, deux ports, l'est et l'ouest, parce qu'Alexandrie, vois-tu, a été construite autour de ces deux rades, et du temps des Ptolémées... » Rosette n'écoute plus, n'entend plus, respire l'air chaud, boit cet éblouissement d'une lumière plus intense que tous les beaux temps qu'elle a pu voir sous le ciel de Paris, sent le vent du désert qui l'enveloppe, la gonfle d'une sensation jamais ressentie comme si son corps se déployait pour la première fois. Elle ferme les yeux.

Le navire prend son temps pour s'approcher de l'estacade, les amarres sont jetées et là, plus bas, tout en bas, le port d'Alexandrie. Rosette est fascinée. Il y a toujours ce vent, cet air chaud chargé d'épices, d'odeurs sucrées ou écœurantes selon le chargement que le souffle a balayé, cette chaleur délicieuse, ces sensations nouvelles qui se glissent sous la capeline, traversent le corset, s'insinuent sous les jupes. Mais aussi ce paysage des quais qui grouillent de monde, d'animaux, de paquets, avec ces vieux assis dans un coin, ces enfants qui courent pieds nus, des chèvres, un troupeau de moutons qui passe. « Où sont les palais, les villas ? » Aucune importance, même si les palmiers sont couverts de poussière de sable, ils sont là, Rosette ne savait même pas les imaginer et tout à coup elle les voit. La petite Parisienne a connu bien des foules, croisé quantité de mines étranges et de personnages inquiétants dans sa vie d'enfant des quartiers populaires. Elle n'est pas une bourgeoise qu'on a sortie de son cocon, le peuple ne lui fait pas peur. Elle regarde ce monde qui va devenir le sien, s'en délecte d'avance même si elle se doute bien que tout ce pittoresque bazar ne sera pas le décor de sa vie quotidienne.

Ce qui attend Rosette, c'est Alexandrie belle, neuve, magnifique, comme dit Simon. Depuis 1830, la vaste place Mohammed-Ali, dessinée par l'architecte italien Francesco Mancini, éblouit les visiteurs, dominée par le palais du riche Grec Tossizza, future bourse du coton, imposant édifice avec ses colonnes, son péristyle et son allure de temple. La promenade de la corniche, construite par les Italiens, ne sera achevée qu'en 1907, l'architecte Alessandro Loria n'a pas encore édifié les dizaines d'immeubles de style à la fois mauresque et vénitien qui donneront son inclassable élégance à Alexandrie mais l'ambiance se dessine et les chantiers sont en route.

Revoilà Rosette en photo. Le cliché est pris chez Alban, équivalent alexandrin de Harcourt. Elle est en pied, appuyée sur un parapluie, sous un immense chapeau à grands nœuds, la poitrine en avant, la taille de guêpe, le derrière en déhanché. Les robes sont longues, le corset toujours de mise. Comment ces dames supportaient-elles la chaleur dans de telles tenues ? Peut-être sommes-nous à la mauvaise saison. Il peut faire dix degrés à Alexandrie l'hiver, soulignaient les Alexandrines pour justifier un vison de Sistovaris offert par leur mari. Rosette pose car elle sait le faire désormais, et elle y prend plaisir. Elle veut croire Simon quand il lui parle de ses entreprises, véhément, volubile, les deux cent cinquante hectares du Gabbari qu'il vient d'acheter pour construire une cité ouvrière : « Parce que, vois-tu, il faudra loger les ouvriers du chantier du tramway, les jardins Nubar où nous ferons des villas, peut-être aussi un parc d'attractions et la Banque industrielle d'Égypte, oui, la nouvelle banque, qui me soutient… »

Il la saoule, il l'étourdit. Parfois elle est prise d'une inquiétude, elle ne sait plus où elle en est, et d'ailleurs, que comprend-elle aux répartitions de capital, aux 82 250 actions de Simon, aux quatre millions de francs qu'il a mis dans l'achat des terrains Gabbari en faisant monter les enchères ? « Est-ce bien raisonnable de faire monter les enchères ? » Elle n'en sait rien, voit cet homme enfiévré et cela lui fait un peu peur. Il l'emmène au Gabbari. La route est cahoteuse, Simon est enthousiaste, il fait de grands gestes des bras, court d'un point à l'autre : « Ici les habitations, là une école, un lycée plus tard bien sûr, là-derrière un jardin... » Rosette le regarde s'agiter, voit devant elle un terrain sec et caillouteux, se demande ce qu'on pourra bien sortir d'un endroit pareil. « Mais qu'est-ce que j'y connais ? Il doit savoir... »

Elle chasse ces mauvaises pensées au plus vite, bien décidée à ne pas les laisser lui gâcher la farandole des fêtes, la promesse de Simon, sa vie de rêve réalisée même s'il faut faire avec les commérages de toutes celles, mégères ou jalouses, harpies plus ou moins jeunes qui la décortiquent du regard quand elle entre dans un salon. « Elles se lasseront », se dit Rosette. La ville est florissante, on y dépense l'argent qui rentre sans effort excessif. Ce jeune Belge conquérant et sa si jolie compagne sont accueillis comme des princes. Quelle merveille, la bonne éducation, les bonnes manières, quelle invention formidable pour cacher tout ce qui fâche. Pourtant, entre Français et Anglais, dans l'Égypte de cette fin de XIXe siècle, les motifs de querelle sont sérieux. D'un côté les brillantes réceptions, de l'autre les intérêts économiques défendus pied à pied. Les Anglais n'ont pas digéré que les Français aient réussi à creuser le canal de Suez, sur la route de l'Inde, leur route. Mais ils se sont vengés quand, en 1875, ils ont racheté au khédive ses actions de la Compagnie de Suez, dans le dos de l'adversaire et à bas prix. Coup double !

Toutefois, dès lors que les intérêts l'exigent, on s'entend. Pièce d'un Empire ottoman déliquescent, l'Égypte est d'abord une « colonie de capitaux », selon le terme qu'a déniché l'historien Samir Saul dans le *Journal des débats* de l'époque, un pays auquel les Européens prêtent de l'argent tant et plus via les emprunts que souscrit le khédive Ismaïl sur le mode « L'État c'est moi ». Plus il s'endette, plus les Anglais et les Français commandent et empochent. Pour que l'Égypte assure le respect des précieuses échéances de la dette de l'État, Anglais et Français poussent le pays vers la monoculture du coton, qui rapporte vite et gros. À eux surtout. Les Français sont les plus importants détenteurs de dette égyptienne mais les Anglais, après la guerre anglo-égyptienne de 1882 – pas si facilement gagnée, d'ailleurs –, ont racheté le protectorat de l'Égypte aux Ottomans. Bref, la « colonie de capitaux » ressemble fort à la colonie tout court.

Jusqu'à la crise de 1907, l'économie égyptienne est sur la pente ascendante. Pas pour tous, bien sûr, mais pour le petit monde dans lequel Rosette débarque, c'est la vie de château, les réceptions, les voyages en Europe l'été pour fuir la chaleur de l'Égypte, les casinos où ces messieurs perdent leur argent pendant que leurs épouses s'ennuient en les regardant se faire plumer. Toutefois, les pertes au baccarat ne constituent pas le premier souci de Simon. Un jour, de sévères personnages se présentent à son domicile. Il est absent. Rosette accueille ces messieurs et comprend vite qu'il ne s'agit pas là d'une visite de courtoisie. Des créanciers... Elle tombe de l'armoire. « C'est quoi ça ? Mais dis-moi ce qui se passe, dis-moi ce qui t'arrive, je ne comprends pas, tu m'as juré qu'on faisait fortune ici et je le vois bien l'argent, tout l'argent qu'il y a à Alex, et toi, et toi... » Sanglots, pleurs, elle sort son mouchoir, renifle, se sèche les yeux, pleure à nouveau. Est-ce qu'il lui répond ? J'imagine que non. « Voyons, qu'est-ce qu'une femme peut comprendre aux affaires, allons, sois raisonnable… Tout va bien, ma chérie. »

En réalité, tout va mal. Quelque temps plus tard, Simon débarque, affolé. « Voilà, je ne peux pas t'expliquer, il faut que vous partiez tout de suite à Paris, Paul et toi, très vite, oui, sans moi, emporte les bijoux, je vais te donner de l'argent, ne t'inquiète pas, fais-moi confiance… » Certains ressorts psychologiques traversent les siècles, et plus Simon dit à Rosette de ne pas s'inquiéter, plus elle s'inquiète. Elle mobilise cette espèce de courage qui lui a permis de traverser la Méditerranée dans un sens pour refaire le voyage dans l'autre. Et repart dans les questions : « Dis-moi, s'il te plaît, je t'en supplie, dis-moi ce qui se passe… »

Sait-elle que les investisseurs ont lâché Philippart ? Qu'ils n'ont pas compris la logique de ses achats de foncier, des projets de construction de l'Industrielle, sa société ? Simon avait dans la tête ce que l'on appellerait aujourd'hui un « aménagement urbain » et preuve que ce ne sont pas des délires, ce sera exactement le projet du baron Empain, un autre Belge, avec la création d'Héliopolis au Caire à partir de 1905. Rosette se doute-t-elle que face au mouvement baissier de la valeur des actions de l'Industrielle, Simon est pris de panique, ne commet que des sottises, rachète ses actions pour soutenir le cours, fait appel à d'autres investisseurs, à une banque, et que cela ne suffisant pas, il renfloue ses comptes personnels avec l'argent des autres ?

Simon Philippart est devenu un escroc.

Rosette quitte Alexandrie. Elle voit s'éloigner la côte qui l'avait tellement éblouie. Elle cajole Paul, pleure sur l'épaule de sa mère, veut espérer que les choses vont s'arranger, qu'on reviendra. Et Marseille, encore plus triste. Et les heures de chemin de fer, encore plus longues. En cette année 1900, Rosette aborde le siècle seule à Paris, avec la police qui vient la voir, lui demande si elle est en possession de fonds que le susnommé Philippart lui aurait procurés, à qui elle répond que non, elle n'a rien, et savoir si c'est vrai ou faux, personnellement, je m'en fiche.

Ce qui me peine pour Rosette, c'est ce qui l'attend.

3

Le sauveur

Peu probable que ce soit Odile Joséphine Willaume, épouse Philippart depuis 1878 et mère de ses quatre fils, qui, à Paris, frappe ce jour-là à la porte de Rosette. Je parierais plutôt sur Simon, troisième du nom, vingt-et-un ans, parce qu'il est l'aîné. À moins que ce ne soit Marcel, dix-sept ans seulement, mais vu qu'il va devenir un homme politique belge militant de la cause wallonne et de l'unité de la Belgique, on peut lui supposer le cran qu'il faut pour venir dire ses quatre vérités, ou plutôt une seule, à l'usurpatrice. Le voilà donc dans l'encadrement de la porte, un peu guindé, pas tout à fait à son aise, triturant son chapeau et scrutant ses chaussures. Rosette observe ce petit bonhomme un rien transpirant, légèrement essoufflé. Elle le trouverait presque touchant. Mais il se ressaisit, prend son élan et lâche d'un trait : « Madame, votre amant est le mari de madame ma mère, votre seule existence est un affront à l'honneur de ma famille ; mes frères et moi vous demandons de vous effacer séance tenante. » Un propos dans ce ton-là. C'est brusque et vif, Rosette ne sourit plus du tout, elle a tout soudain très envie de lui en allonger une, cela remonte de la tripe et des origines, et si ça ne tenait qu'à elle... Elle se contrôle, respire un coup, lui envoie un regard rageur, désigne la sortie qu'il emprunte à grande vitesse car, pour lui aussi, ce n'est pas une partie de plaisir. Après quoi, elle claque la porte et s'effondre en larmes.

Depuis des mois, Simon et elle vivent dans cet appartement peu reluisant à Paris. Ils ont quitté Alexandrie comme des voleurs, lui surtout. Simon n'ose plus dire à Rosette « Ne t'inquiète pas, ma chérie », Simon ne prétend plus rien. Elle ne s'inquiète pas, c'est bien pire, elle se ronge les sangs, n'en dort plus la nuit, voit ses cernes se creuser et cela lui mine encore davantage le moral. Rosette partageait l'existence d'un seigneur, elle se retrouve collée à cet homme ruiné, poursuivi par la justice, qui se traîne d'une pièce à l'autre car la santé ne va pas fort.

Et là-dessus, les quatre enfants... Ce fils qui débarque, un gamin, même pas un homme, et qui la chasse ! Elle hurle : « Mais rends-toi compte de ce que tu m'as fait, comment as-tu pu me cacher ta femme, tes enfants ? Tu m'as fait ça, à moi... » Les sanglots l'étouffent, la secouent, lui soulèvent les épaules, elle s'écroule sur le divan, cherche de l'air, rejette la tête en arrière, les doigts crispés sur le brocart de velours. Et brusquement, elle s'arrête. Rosette est assise, bien droite. Elle respire un coup, fixe Simon de ce regard bleu qui vire à l'acier : « Et moi qui voulais t'épouser... Ce que j'ai l'air bête maintenant... » C'est dit presque pour elle-même. Elle hoche la tête, renvoie d'un geste de la main le pauvre Simon qui tente une maigre défense, non ça va, ça suffit, j'ai eu mon compte, restons-en là. Rosette n'a même plus de chagrin. Elle est vexée.

La vraie famille veut récupérer son fondateur et sans doute ce dernier, pris entre le retour au bercail et la menace de la prison, préfère-t-il la première solution. A-t-il vraiment eu le choix ? À ma connaissance, il va revenir piteux dans son foyer puis faire quand même un passage au violon. L'année suivante, en 1901, il meurt à Paris, le jour de Noël. Les états d'âme de Simon Philippart à l'heure d'expier ses péchés ne sont pas mon sujet. Ce que ressent Rosette, en revanche...

La voilà trompée, abandonnée, plus seule que jamais. Son monde s'est retourné d'un coup. Elle est à Paris mais se doute que le Tout-Alexandrie jacasse, que ces dames glapissent « Aayouuhhh ! la paauuuvre !… » alors qu'elles pensent « Bien fait pour elle ». Son existence est d'une tristesse à faire sortir les mouchoirs quand, sans crier gare, le sauveur arrive. Un baron, un vrai celui-là, pas un imposteur, chic, élégant, parfait. Félix de Menasce tombe amoureux de Rosette Larriba. Le prince et la bergère, quelle chance ! Dans la famille, l'histoire est racontée ainsi. Simon a quitté Rosette, elle a rencontré Félix, tant mieux pour elle.

Les dates disent autre chose. En août 1901, Rosette met au monde Claire, une petite fille conçue neuf mois plus tôt, fin 1900, et, vu l'état de leurs relations à l'époque, pas avec Simon. Rosette a beau avoir été dévastée par son brusque retour de fortune, auquel s'est ajoutée une sérieuse blessure narcissique, elle a son jardin secret. Il s'appelle Félix de Menasce. Entre les deux histoires d'amour, il y a sans doute eu tuilage, comme dit la technocratie pour parler d'un dossier commencé avant clôture du précédent, quoique, dans la tête de Rosette, Simon fût sans doute déjà une affaire classée. Claire naît à Paris.

La romance avec Félix a probablement démarré en Égypte. Rosette connaît son nouvel amant depuis un moment. La rencontre a pu se produire n'importe où à Alexandrie, dans les innombrables mondanités, thés dansants, réceptions, dîners de charité. « Rosette, permettez-moi de vous présenter Félix de Menasce. » « Monsieur de Menasce ? » « Mais oui, bien sûr, nous nous sommes déjà croisés ! » « Où était-ce, déjà ? » « Ah oui, chez les... » S'ensuit une collection de politesses permettant de ne rien dire mais de prendre le temps de s'observer.

Félix regarde Rosette qu'il trouve fort jolie. Les yeux clairs surtout, et ce regard, un rien las, pas fatigué, non, mais une toute petite ombre parfois. À moins que ce ne soit dû aux photos, aux clichés du photographe lui faisant prendre des poses graves, avec des effets de tragédienne levant les yeux vers le destin. La jeune Rosette a-t-elle envie de se voir en Sarah Bernhardt ? À son âge, pas toujours. Voici un portrait de face, épaules nues, cadre coupé juste au-dessus de la poitrine. On devine que pour cette image, Rosette a dû se dénuder un peu (pour nous), soit beaucoup (pour eux). Cette petite provocation lui plaît bien, l'amuse peut-être. Il en reste un léger sourire, un mélange d'innocence et d'ironie dans l'expression. Je la trouve touchante.

Félix, lui, l'a sans doute trouvée craquante. Ou plutôt délicieuse, comme on disait alors.

En cette année 1900, Félix a trente-cinq ans et il est veuf. À vingt-quatre ans, il avait épousé sa cousine Céline de Menasce à Liverpool, sur les instances pressantes de la mère de cette dernière, avant de mourir, « je veux vous voir unis, mes enfants », et c'était sincère puisque l'année suivante elle décède. Les unions entre cousins se faisaient beaucoup, la pression des familles allait dans ce sens-là, on ne va pas commencer à discuter, ton père a décidé. Deux ans après leur mariage, toujours à Liverpool, Céline et Félix ont un enfant, Georges, mais s'il suffisait d'avoir une descendance pour sceller un amour, cela se saurait. Céline tombe amoureuse du professeur de musique de son fils, quitte Félix et ils n'ont pas le temps de divorcer puisqu'elle meurt en 1900, à trente ans, au Vésinet. Félix fait construire un petit temple à quatre colonnes au cimetière du Montparnasse, dans lequel Céline repose seule encore aujourd'hui.

Félix de Menasce est-il beau ? Il a de l'allure, c'est certain. La moustache, bien sûr, subtilement relevée aux extrémités, et l'élégance d'un homme qui commande ses costumes à Londres, chez les tailleurs de Savile Row. Je croule sous les photos de ces dames mais de lui, pas tellement. Jeune, en tout cas, rien. Je n'ai pas dû ouvrir les bons tiroirs. J'ai à l'esprit la représentation d'un petit pastel, un Félix dans l'âge mûr, accroché chez mon neveu. Mon oncle possède son buste sculpté en acajou, objet fascinant et mortuaire à la fois comme tous les bustes et pas réalisé dans la jeunesse du modèle. Il existe également une image que j'adore de lui en grand-père, debout, très digne avec ses petits-enfants à ses pieds, soit ma tante Claude, quatre ou cinq ans, et mon père Daniel, deux ou trois ans, assis serrés sur un petit pliant. Mon père se gratte l'œil. Félix porte un feutre à ruban, un trois-pièces clair, la pochette est un mouchoir blanc, bien sûr, il a une canne à la main. Je lui enlève mentalement une trentaine d'années et je le vois.

À Alexandrie, tout le monde connaît les Menasce. Ma description préférée de la famille est celle que l'on trouve dans un pavé de 565 pages, commis en 1909 par Arnold Wright et H. A. Cartwright, intitulé *Twentieth Century Impressions of Egypt. Its History, People, Commerce, Industries and Resources.* En résumé : connaître l'Égypte pour y faire des affaires. Sur les ancêtres de Félix, je traduis : « La célèbre famille Menasce a habité en Égypte depuis de nombreuses générations, depuis tellement de temps en fait que l'on ne retrouve aucune trace du moment où la première personne de ce nom est arrivée dans le pays. » La conscience professionnelle des auteurs les contraint néanmoins à accorder au grand-père de Félix, Yacoub Levi Menasce, un rôle de fondateur de lignée. Yacoub, ou Jacob en français, est le premier à s'appeler Menasce, de Menashah, « chasse-mouches » en arabe, objet fait d'un manche en bois et d'un long crin de cheval. Un attribut de pouvoir qui est encore chez nous même s'il a perdu quelques poils. Yacoub est aussi le premier baron de la famille grâce à l'empereur François-Joseph qui l'anoblit en 1876.

Pourquoi le mari de Sissi fait-il entrer dans l'aristocratie austro-hongroise ce banquier juif d'Égypte ? Dans un article intitulé « Les Menasce, une famille juive d'Alexandrie du XVIIIe au XXe siècle », l'historienne Anaël Levy écrit que Yacoub « aurait rencontré l'empereur François-Joseph lors de l'inauguration du canal de Suez en 1869 ». Quelques années plus tard, le titre apparaît comme la récompense de l'aide apportée par Yacoub au développement des échanges entre l'Adriatique (alors partie de l'Empire) et le Levant. Mais les liens du banquier avec cette origine surprenante pour un sépharade remontent à plus loin. En 1848, Yacoub Levi Menasce, qui n'est alors ni « de » ni baron, se retrouve sur la liste noire du khédive : il paie ses relations avec un pacha lui-même en délicatesse en haut lieu. Yacoub s'enfuit en Autriche, se découvre des ancêtres dans le cimetière de Gyömrő en Hongrie et obtient un statut de sujet de l'Empire austro-hongrois. Bienfaiteur de nombreux Autrichiens venus chercher fortune dans le coton et fondateur d'une maison pour vieux à Gyömrő, Yacoub reconstruit sa réputation et revient en Égypte avec la bénédiction retrouvée du khédive.

Né à Alexandrie en 1865, Félix est envoyé à l'université de Vienne, puis, à vingt ans, devient responsable de la branche anglaise de la banque familiale à Liverpool, moins gai que sa ville de naissance, mais trois ans plus tard il est déjà associé. L'ouvrage de MM. Wright et Cartwright, ma référence, nous apprend qu'à trente ans Félix de Menasce prend sa « retraite ». Les guillemets sont les leurs. Puis les auteurs dressent la liste des occupations de Félix en ce début des années 1900 : directeur de la société des immeubles d'Égypte, de la société foncière d'Égypte, de la société des presses libres égyptiennes, de la société d'entreprises urbaines et rurales, de la société des eaux de Tantah, de la Splendid Hotels Company, président de la société pour la répression de la traite des blanches, du conseil d'administration de l'Hôpital israélite, de l'asile François-Joseph. Et décoré depuis 1899 de l'Ordre de François-Joseph.

Félix de Menasce résume à lui seul l'idée que l'on peut se faire d'Alexandrie la cosmopolite. Il possède une nationalité austro-hongroise, a vécu en Angleterre, ne jure que par la culture française pour les programmes des écoles qu'il finance, parle anglais, français, allemand et arabe, et surtout, il est juif. Au moment où il rencontre Rosette, il sait qu'il est appelé à devenir bientôt président de la communauté juive d'Alexandrie, comme son frère, son père et son grand-père avant lui. Cela n'a pas grand-chose à voir avec la religion et, d'ailleurs, Félix n'est pas très religieux. En revanche, plus de quinze ans avant la déclaration de lord Balfour sur un foyer juif en Palestine, Félix de Menasce est sans doute déjà sioniste. À Alexandrie, les immeubles Menasce, les écoles Menasce, l'hôpital Menasce, la synagogue Menasce témoignent de ce que pèse le président de la communauté juive.

Félix de Menasce n'a pas le profil pour épouser une catholique. Rosette le sait. L'affaire lui paraît indébrouillable, elle mobilise son optimisme congénital pour ne pas sombrer, s'accroche à l'idée qu'au moins Félix n'est pas l'un de ces aventuriers menteurs et roublards comme Simon. Ou imbéciles comme le comte du Tillet qui avait payé une bonne somme des milliers d'hectares de terres incultes, s'était ruiné en machines modernes et avait entraîné dans sa débâcle des bataillons de petits épargnants. Rosette pouffait quand elle entendait cette histoire si amusante. Maintenant, l'anecdote la fait moins rire. Simon lui aussi avait fait appel à l'épargne en bonimenteur de foire jusqu'à la déconfiture totale. Alexandrie ne manque pas de ces oiseaux-là mais, Dieu merci, Félix n'est pas de cette espèce.

Toutefois, Rosette ne parade pas au bras de Félix de Menasce à Alexandrie. Un Menasce, et en plus ce Menasce-là, marié à une catholique ? Le couple vit sa vie à Paris, en amoureux. La jeune mère câline le poupon, joue avec Paul, ne se force pas trop pour être heureuse. Elle profite de ces bons moments avec cet homme si charmant, généreux, parfait, ce Félix qui lui fait oublier l'affreux Simon tandis qu'ils se promènent dans les jardins des Champs-Élysées, passent devant le carrousel des Tuileries, qu'il lui offre un chocolat chez Rumpelmayer à peine rouvert rue de Rivoli et pas encore baptisé

Angelina. « Oh, que ce décor est joli… » Pourtant, quelque chose de poisseux colle à Rosette, cette impression de déjà vécu, cette pensée parasite dont elle ne parvient pas à se débarrasser… Un mariage impossible. Encore une fois. Elle se répète : « Félix n'est pas Simon, je vais être patiente, je vais attendre, ne pas m'inquiéter, lui faire confiance… » Elle sait que Félix doit aller à Alexandrie. Sa vie est là-bas. « J'y retournerai avec toi, nous allons trouver une solution, je vais trouver une solution », lui assure-t-il. En est-il si sûr ?

Inch'Allah, comme on dit en Égypte.

4

Pas juive

Le sang-froid chez Rosette est à géométrie variable. Parfois elle craque. Que dit Félix dans ces moments-là ? À part qu'il l'aime ? « Sois patiente ; non, je ne te mens pas ; oui, je vais trouver une solution pour que nous puissions nous marier. » Quand elle n'y croit plus, cette promesse la fait exploser. « Ah, ne m'embobine pas, j'ai déjà entendu ça ; j'ai deux enfants maintenant ; je sais très bien comment cela va se passer ; je les connais ces cousines, ces sœurs, ces belles-sœurs ; je les ai vues à Alex ; elles ne vont pas laisser filer comme ça le meilleur parti de toute la communauté juive… » Parfois, Rosette rumine des journées entières, se monte le bourrichon, pense à toutes ces malveillantes, à leurs manigances, elles qui ne manquent pas de candidates, de jeunes filles idéales. Riches. Et juives, surtout. Puis, toujours sur ses montagnes russes émotionnelles, elle veut tout à coup croire Félix quand il lui explique que c'est fini pour lui ces histoires de mariage arrangé, pour faire plaisir au père, au grand-père, à l'oncle... Elle ne demande qu'à être convaincue quand il lui affirme n'avoir jamais aimé Céline et, d'ailleurs, la question était plutôt de savoir lequel des deux quitterait l'autre en premier.

Après tout, il est prévenant, amoureux, peut-être un peu trop entreprenant pour l'époque. Il ne s'est pas contenté d'embrasser le mouchoir parfumé de l'être aimé, comme en témoigne l'arrivée rapide de leur fille. Mais Rosette, j'en suis sûre, est pressée elle aussi. Elle se voit là, maintenant, à vingt-cinq ans, à l'âge où l'on commence à s'affoler lorsque l'on n'est pas casée. Elle qui a vécu cette existence si somptueuse à Alexandrie, cette divine surprise à laquelle elle n'aurait jamais cru avoir droit, a été emportée dans la glissade de Simon et constate que la chute aurait pu être sévère. Fille mère et pas un sou.

D'une certaine façon, elle est sauvée. Elle a rencontré Félix, il lui plaît, elle non plus ne se contente pas d'un lâcher de mouchoir, ils s'entendent parfaitement au lit (si tant est que je puisse imaginer la sexualité de mes arrière-grands-parents). Elle est naturelle, rigolote, spontanée. Elle a gardé la franchise, la repartie de son milieu d'origine. Félix adore l'entendre faire des commentaires sur les gens qu'ils voient attablés à côté d'eux dans les restaurants élégants de la capitale. Rosette a-t-elle un petit coup de cafard ? Il l'emmène chez Maxim's, tout juste rouvert, entièrement décoré en Art nouveau. Félix sait bien que toutes les dames que l'on y voit avec des messieurs ne sont pas nécessairement leur épouse et cela l'enchante d'entendre Rosette lui souffler à l'oreille : « Non mais regarde ces plumes qu'elle a sur la tête ! Quelle cocotte, celle-là… » Bien vu, il y a même des salons à l'étage pour cela. Félix étouffe un rire dans sa serviette. Cette drôle de fille a le goût délicieux de la transgression. L'épouser un jour encore plus. Mais le baron de Menasce connaît les limites.

Il décide de l'emmener en Égypte. Rosette entend enfin les mots qu'elle attendait. « Écoute, nous allons partir ensemble. » « À Alexandrie, avec toi ? » Il n'a pas le temps de répondre. « Ah, quel bonheur, je vais leur régler leur compte à toutes ces vieilles pies, ces méchantes langues si heureuses de ce qui m'est arrivé… Revenir au bras du baron Félix de Menasce, ah çà, pour leur clouer le bec… » Elle saute de joie, tourne dans le salon, soupire de plaisir. Lui, moins. Assis à l'extrémité d'un récamier, il attend. Il prend des pincettes. « Oui, oui, sans doute, mais écoute-moi, ça n'est pas si simple, nous n'allons pas brusquer les choses, tu connais ma position, je ne peux pas faire n'importe quoi. Non, tu n'es pas n'importe quoi, ne te fâche pas, ne pleure pas… Voilà, nous n'allons pas tout de suite à Alexandrie. Enfin, pas toi. » « Comment ça, pas moi ? »

Comment dire… Il lui explique. « Je vais vous installer Claire et toi au Caire, au Mena House. » Rosette s'écroule sur un fauteuil. « Comment ça, au Caire ? Pas à Alexandrie ? » « Non, au Caire, au Mena House. » « Je ne suis pas sourde, j'ai entendu, au Mena House. » Silence. « Avec ma mère ? » « Si tu veux. » « Avec Paul ? » « Oui, oui, avec tout le monde. » Félix sent les défenses qui cèdent, s'engouffre dans la brèche. « Vous ne serez pas loin, je viendrai vous voir et nous retournerons à Alexandrie ; mais pas trop vite, enfin, prenons notre temps. » Rosette a sorti un mouchoir. Elle essuie une larme, elle avait tellement cru que la solution, la vraie, celle qui permettrait de se marier était là. Mais non. Elle renifle, se ressaisit et, comme d'habitude, tente de voir le bon côté des choses.

Déjà, elle va partir en Égypte avec Félix. Il y a pire que le Mena House. Rosette n'y a jamais mis les pieds mais elle est curieuse de voir le lieu. Bâti en 1869 à la demande du khédive Ismaïl Pacha face aux pyramides pour accueillir les invités de l'inauguration du canal de Suez, dont Napoléon III et l'impératrice Eugénie, le palace impressionne encore. Je me promène sur un site intitulé « Historic Hotels of the World, Then and Now », sorte d'avant-après pour des établissements qui ont dépassé le siècle. Dans le cas du Mena House Hotel of Giza, le webmestre veut démontrer que vous et moi pouvons séjourner dans la même ambiance que son altesse royale le prince de Galles invité par le khédive en 1889. Les photos du lobby, de la salle à manger Al-Rubaiyat, d'une *guest room* et surtout de la vue de la *guest room* sur la Grande Pyramide, respirent, si l'on ose dire, une forme d'éternité.

Rosette a un peu de mal à chasser le sentiment que ce n'est pas tout à fait ce dont elle avait rêvé, elle tord le nez, avale quelques sanglots supplémentaires mais sa bonne nature reprenant le dessus et Félix ne lésinant pas sur la description de la délicieuse vie que l'on peut mener dans un tel endroit, elle se remet à sourire, se réjouit et commence à fantasmer sur toutes ces fêtes, ces robes, des têtes couronnées, qui sait…

À nouveau, le voyage, le train, le bateau et même s'il manque un petit bout de trajet là-bas pour atteindre le véritable objectif, on se rapproche de la cible. Le couple arrive au Caire. Rosette n'a pas beaucoup de culture de l'architecture ou des beaux-arts, elle réagit dans un premier degré de gamine époustouflée, éblouie par la décoration néomauresque du Mena House, ses salons dégoulinants d'orientalisme doré, ses lustres monumentaux et ses portraits géants de Napoléon III et de l'impératrice Eugénie, trace plus conséquente de leur passage qu'une signature dans un livre d'or. Mais, mais, mais... un imprévu survient. Très vite, elle a la nausée et la surcharge du décor n'y est pour rien. Rosette est enceinte. Félix estime qu'on n'accouche pas dans les hôtels, fussent-ils de luxe. Mariés ou pas, ils iront à Alexandrie. « Chic », pense-t-elle.

Le 24 décembre, jour de Noël, elle donne naissance à Jean, à Alexandrie. Le fait accompli ne suffit pas à intégrer l'intruse à la bonne société, l'ambiance autour de la petite famille est détestable. Le retour de Félix dans sa ville est à la hauteur de ce qu'il craignait. Les parentes, tantes, cousines, l'attendent de pied ferme, remontées comme des coucous, pas émues une seconde par la naissance de l'héritier, avec pour seule obsession de morigéner le père. « Très désagréable », euphémisera Félix plus tard. Sur les photos, c'est vrai, certaines n'ont pas l'air commode. L'une des tantes du baron, Louly Bogdadly, autrement dit « de Bagdad », d'où vient cette branche familiale, surnommée « la perle noire » mais sans doute plus noire que perle, a le regard particulièrement mauvais. Même en posant pour la photo, c'est dire. Rosette est réexpédiée fissa au Caire avec son nouveau-né.

On pourrait se demander ce que Félix peut bien avoir à faire de tous ces jugements sur sa vie privée, ces condamnations pour amoralité, ces commérages. Après tout, le chef de la communauté juive d'Alexandrie c'est lui, et peut-être considérerait-il cette atmosphère comme une gêne passagère si Rosette n'était pas là. Pour elle, c'est affreux. Ne pas être reconnue comme légitime, ne pas être conviée aux réceptions, aux bals, ne pas recevoir... Ce n'est pas qu'une affaire de mondanités. Rosette est un animal social, les avanies qu'elle a vécues et les commentaires les ayant accompagnées n'ont pas entamé sa bonne opinion de l'humanité. Elle aime le lien avec les autres, sait prendre sur elle quand ils ne la ménagent pas, tient l'épreuve et fait confiance à Félix.

Avec ce bon fond, grâce à lui, même au Caire, même déçue, elle est heureuse. Une autre photo. Un jardin, un grand arbre avec un banc autour du tronc. On voit deux femmes qui encadrent un bébé, à peine un an, assis sur son derrière. À droite, c'est Rosette. Elle porte un chapeau cloche du dernier chic, a déjà les cheveux courts. À gauche, c'est Claudine, sa mère. Elle n'est plus très jeune, un peu forte, avec le lourd chignon des femmes du siècle précédent. Si on la voyait debout, on la trouverait démodée. On perçoit surtout son regard caressant vers l'enfant. Le bébé fixe le photographe. Rosette sourit. Joyeuse.

Jean, avec ses yeux clairs, est assez craquant. Sur la même page de l'album, on le voit jouant à côté d'un gros chien, un épagneul qui ne semble pas se formaliser qu'on lui tripote les oreilles. Il ressemble à Mimosa, le bébé de Popeye. La vie au Mena House est bien plaisante. Ce n'est pas rien d'ouvrir ses fenêtres chaque matin et de voir les pyramides car, bien sûr, Félix a loué ce qui deviendra plus tard la suite Churchill. Au-delà des jardins, des palmiers, Rosette observe ces étrangetés qu'elle avait aperçues sur les étiquettes des bobines de fil de sa mère. Derrière la marque Au Sphinx, on voyait les pyramides dessinées en arrière-plan, minuscules. Là, elles apparaissent en silhouette, dans la brume matinale, chauffant leur côté droit au soleil le soir, les vraies, inimaginables. Rosette a un peu vécu maintenant, elle se sent bien différente de la jeune vendeuse de gants des Trois Quartiers mais toujours, à chaque coup d'œil, ce sentiment délicieux, cet éblouissement de la première fois, tellement fugace, tellement précieux. Rosette a ce talent de l'instant qui compte, qu'on ne laisse pas passer, que l'on met dans sa musette. Elle a le don du bonheur du jour.

À quoi passe-t-elle son temps ? À des promenades avec les enfants dans le jardin à l'anglaise implanté dans ce bout de désert par les propriétaires successifs, tous britanniques ? Joue-t-elle au croquet sur le *croquet lawn* qui vient d'être installé ? Quelle bonne idée, comme c'est amusant… « Oups, j'ai manqué l'arceau… Ah, regarde, mon amour, j'y arrive, j'ai fait sonner la cloche du double ! » Se baigne-t-elle dans la piscine ? Et, d'ailleurs, Rosette la petite Parisienne se baigne-t-elle tout court ? Elle adore le *tea time*, scrute avec délice ces Européens si distingués qui forment la clientèle habituelle du lieu. Elle sait qu'elle est jolie, qu'on la trouve élégante, que ces messieurs la regardent et que personne ne la juge. Le prestige du baron de Menasce lui sert de sauf-conduit.

Parfois, sans prévenir, la joie s'arrête. Rosette est dépassée. L'angoisse la prend. Elle trépigne, n'en peut plus d'attendre : « Rends-toi compte, deux ans déjà, bientôt trois, qu'est-ce que j'en ai à faire de ces histoires de religion ? » « Oui, oui, j'ai bien compris, je ne suis pas juive, c'est un problème… » « Mais en quoi est-ce mon problème ? Tu le savais bien quand tu m'as rencontrée… Est-ce que j'ai caché quelque chose ? Est-ce que j'ai menti ? C'est bien toi qui m'as choisie, tu savais qui j'étais, alors quoi ? Alors, ce que je vois, c'est que rien du tout… » Elle est prise à la gorge, ça l'étouffe, ça la submerge et elle craque, se répand en reproches et en larmes. En général, cela finit dans les bras de son amant. Félix n'est pas le genre d'homme à lui allonger une torgnole pour la calmer, ces grandes scènes lui vrillent les nerfs mais il prend sur lui. De surcroît, il sait qu'elle n'a pas tort. C'est son côté joueur de baccarat d'être tombé amoureux d'une femme impossible, une sorte de défi à la Terre entière et vous allez voir ce que vous allez voir… Il ne lui reste plus qu'à gagner la partie.

La solution, Félix la connaît : il faut que Rosette se convertisse. Il n'y en a aucune autre. Félix a retourné le problème dans tous les sens. Il la suppose suffisamment incroyante pour vivre ce passage sans trop d'états d'âme et la pense capable de franchir ce pas pour vivre, enfin, au grand jour. Pourtant, il évite de lui en parler. Quand Rosette se lamente sur un mode geignard, répète en boucle : « Que faire, mon Dieu, que faire ? », Félix pourrait lui glisser qu'on peut devenir juive. Il n'en dit rien. Il espère secrètement que les mentalités évoluant, avec le passage du siècle, la curiosité d'un mariage mixte ne sera plus si choquante, que Rosette sera acceptée à la longue et que lui, le baron de Menasce, pourra s'épargner cette embarrassante affaire de conversion. Mais lors de leur bref retour à Alexandrie, même avec le bébé, la réaction de ces dames de la famille lui a rappelé que non.

Il lui faut un rabbin.

5

La convertie

En regardant la seule photo que j'ai trouvée de Behor Eliahou Hazan, grand rabbin d'Alexandrie jusqu'à son décès en 1908, et sans vouloir offenser son souvenir, je n'ai pas l'impression d'être face à une image de la modernité. La longue barbe de patriarche, sans doute. Au demeurant, à supposer que le grand rabbin cache des idées larges sous ses dehors de gardien de la tradition, Félix ne peut raisonnablement pas s'adresser à lui. Le président de la communauté juive d'Alexandrie allant voir l'autre puissant du groupe pour lui demander d'arranger ses affaires ? Allons donc… Pourtant, c'est bien de cela qu'il s'agit. Sans faire offense à Rosette cette fois, elle a davantage besoin d'un arrangement que d'une réponse spirituelle.

Joseph Wertheimer, grand rabbin de Genève, n'a pas du tout la même allure que son homologue alexandrin. Cheveux coupés court, visage glabre, faux col et nœud papillon, il ressemble à un bourgeois de son temps, ce qu'il est sûrement. L'homme a eu ce qu'on appellerait aujourd'hui une carrière fulgurante. Grand rabbin en 1859, à vingt-six ans, il se révèle suffisamment énergique pour obliger toutes les chapelles de la minuscule communauté juive genevoise – quelques centaines de membres – à s'entendre. Son biographe, l'historien suisse Jean Plançon, décrit son grand sens des relations humaines, un homme qui parle, écoute et rassemble, doté d'une large ouverture d'esprit.

Cela peut servir et d'autant plus que Genève, au début du XXe siècle, est le refuge de tous les intellectuels tourmentés, les étudiants russes fuyant le tsar, les marxistes, les anarchistes, les sionistes… L'Organisation sioniste mondiale a été fondée en 1897 dans cette ville et Félix va souvent en Suisse. À Alexandrie aussi, des associations sionistes émergent, plutôt de la taille permettant des assemblées générales en appartement et sans le sou. Le baron, vu sa position sociale de président de la communauté juive, ne peut pas se lancer dans un vibrant militantisme sioniste comme celui de ces modestes sociétés. Mais il appuie la cause. Il ne tardera pas à s'impliquer dans les instances internationales du mouvement, à Genève. Quand Haïm Weizmann, cofondateur du mouvement sioniste et futur premier président de l'État d'Israël, passe à Alexandrie, il séjourne chez les Menasce. Félix de Menasce connaît le rabbin Joseph Wertheimer, c'est sûr. Il écoute d'une oreille favorable ses demandes de soutien financier pour les étudiants juifs en exil, il participe à ses bonnes œuvres.

Et finit par lui demander un service.

Aujourd'hui, si une Rosette Larriba voulait se convertir au judaïsme, même en s'adressant au rabbin le plus compréhensif de la place et si j'en crois ce qu'explique le site de la communauté juive libérale d'Île-de-France, il faudrait qu'elle apprenne à lire et écrire l'hébreu, qu'elle suive des cours sur les grandes étapes du judaïsme, qu'elle participe aux offices, observe les lois alimentaires, passe devant un tribunal rabbinique qui l'admettrait ou pas. Je schématise, mais bon, compter trois ans minimum. Rosette écrivant l'hébreu ? Allant à la synagogue ? Mangeant casher ? Alors que Félix ne fait rien de tout cela ? J'ignore si c'est elle qui s'en est sentie incapable, ou si c'est lui qui n'a pas pensé une seconde l'exiger d'elle, mais je suis certaine que cette conversion a répondu à bien peu de ces obligations. Certes, le rabbin Wertheimer ne la lui a pas accordée comme un visa qu'on tamponne. Il a sans doute bien fallu que l'aspirante au judaïsme accomplisse un tant soit peu de rituel. Lequel ? Combien ? Là s'arrêtent mes compétences. Quoi qu'il en soit, comme écrivent les journalistes quand il leur manque une information, le 18 octobre 1903, le mariage de Rosette Larriba et de Félix de Menasce est célébré à Genève. La ketouba, l'acte de mariage, est signée par Joseph Wertheimer, grand rabbin.

J'essaie d'imaginer la cérémonie. Qui sont les témoins ? Et d'ailleurs, y en a-t-il ? Et des invités ? Je n'ai jamais entendu parler dans la famille d'un mariage de Rosette et Félix dont on se souviendrait. Ils sont partis à Genève, Rosette s'est convertie, ils se sont mariés, c'est tout. Un brin lugubre. Mais Rosette ne le vit pas comme ça. Elle attendait tellement cet instant. Elle chasse de sa tête ses rêves de fête, de réception, de famille extasiée, du Tout-Alexandrie qui aurait pu être à leurs pieds. Évidemment, elle est chic et élégante, Félix ne va pas la laisser se marier dans une pauvre tenue, mais elle fait des efforts pour ne pas regretter *la* robe. Elle ne veut pas laisser de sombres pensées gâcher son bon moment. Elle observe Félix, sent bien que lui aussi aurait voulu que cette union fût célébrée autrement. Se cacher pour se marier… Derrière son impassibilité de gentleman, il bout. Elle est gaie, joyeuse, lui répète en boucle que ce n'est pas grave si ce n'est pas un grand mariage, nous aurons d'autres fêtes, ne t'inquiète pas, je compte bien me rattraper, fais-moi confiance… Pour son troisième voyage vers l'Égypte, en femme enfin épousée, la petite Parisienne, moitié française moitié espagnole, celle dont j'entendais toujours dire dans mon enfance qu'on ne savait pas où Félix avait pu la dénicher, cette passagère clandestine a le sentiment qu'enfin elle est en règle.

Rosette Larriba est devenue la baronne Rosette de Menasce. Félix a tenu sa promesse. Il emmène sa troupe à Alexandrie. Le périple de retour est celui d'une tribu, les petits Claire et Jean, mais aussi Georges, douze ans, le premier fils de Félix, et Paul, le fils de Rosette, même âge. À quoi s'ajoute la *nanny* anglaise, Polly O'Meara, que Félix a recrutée à Paris, la chipant à une marquise. Je l'ai longtemps crue irlandaise, vu son patronyme, mais non. Pourquoi Polly a-t-elle accepté cet aventureux poste en Égypte ? Parce que les gages proposés par Félix devaient être meilleurs, ironise mon oncle. Bref, voici la jeune Polly partie pour Alexandrie et pour longtemps car elle va aussi élever les enfants de Claire.

Félix fonde famille pour de bon. Il fait construire une demeure conforme à son statut. De la maison de sa grand-mère, mon cousin Jimmy affirme qu'il s'en souvient si bien qu'il pourrait la dessiner. En es-tu sûr, mon cousin ? Les plans de l'intérieur peut-être. Mais la façade… Pour désigner ce que toute la famille appelle modestement « la maison de la rue Rassafa » alors qu'en fait la voie se prolonge en rue Menasce, les gens normaux parleraient plutôt de « palais ». Débauche de pilastres, de corniches, de linteaux sculptés et de hautes fenêtres, un genre italien, un peu trapu mais pas vilain. Le type de construction qui figure sur les cartes postales.

En 1909, six ans après son entrée officielle dans la vie des Menasce, alors qu'elle a maintenant trente-quatre ans, Rosette donne naissance à Denise, sa dernière enfant qualifiée par le récit familial de « seule juive de cette génération ». Techniquement, c'est vrai, même si les purs et durs du judaïsme contesteraient certainement le caractère d'authentique juive de la mère.

N'empêche, dans le long parcours de Rosette, Denise arrive – qu'elle ne le prenne pas mal – comme la cerise sur le gâteau. « J'ai une fille juive d'une mère juive et qu'on ne vienne pas me chercher, surtout vous, les vieilles hargneuses de la famille, vous m'avez suffisamment couru sur le haricot, toutes celles qui n'ont toujours pas digéré qu'il m'ait choisie moi, celle qui était une pas grand-chose venant de nulle part et vous avez longtemps espéré qu'il se lasserait, votre beau parti, votre veuf favori, que vous le récupéreriez à l'usure, mais voilà, pas de chance, je me suis convertie, j'ai une fille juive, tout cela est accompli, c'est bon, j'ai tout bon. »

Quoique.

Rosette a des doutes. Pas sur cette affaire de religion ; d'ailleurs, pour ce que Félix s'en soucie... Ces Menasce ont le culte élastique, se dit-elle. La famille a fait construire sa synagogue, le temple Menasce, mais les ancêtres peuvent avoir bâti un sanctuaire sans que leurs descendants y passent leurs journées. Félix a d'autres priorités, Rosette aussi. Son fils Jean dira d'elle bien des années plus tard qu'elle avait un solide cœur d'agnostique. Est-ce si simple ? Même si la conversion ne lui a pas causé trop de tourments, l'ambiance petit Jésus chez une fillette franco-espagnole de la fin du XIXe siècle laisse quelques traces. Quand Jean deviendra adulte, elles seront ravivées. Nous verrons cela plus tard.

Là, tout de suite, qu'est-ce qui la tracasse ? La peur du qu'en-dira-t-on, d'être pour toujours la femme de petite extraction, l'aventurière, l'éternelle illégitime qui n'aura jamais sa place dans la bonne société ? Pardonne-moi Rosette si je me trompe mais je pense qu'une fois mariée, tu t'en fiches. Je vais être honnête. Je sais que mon arrière-grand-mère aime les jolies robes, les mignons bibelots, les ravissants chapeaux et plus tard les belles voitures. Elle a un fond de midinette à sa façon. Mais les frivolités ne sont pas son unique horizon. Elle observe les gens, leurs mœurs, leurs préjugés. Cet examen n'est plus seulement une méthode de survie en milieu hostile comme dans ses premières années à Alexandrie. Il lui permet de tenir les commérages à distance en lui confirmant qu'elle n'est pas si différente de tous ces Alexandrins venus de partout, pour certains des moins-que-rien, des agioteurs, des spéculateurs, des débrouillards qui ont trouvé leur deuxième chance quand elle, Rosette, est d'abord une fille courageuse. Voire, si nécessaire, un rien mordante.

Lui en donne-t-on acte ? Dans le méli-mélo d'origines d'Alexandrie la cosmopolite, il existe une « bonne société » qui se raconte qu'elle l'est. Dans la bonne société, on se regarde et gare à toi si ton comportement n'est pas convenable. « On te juge » est la grande phrase de la bonne société. Mon père disait qu'Alexandrie c'était Épinal, manière de résumer que tout le monde (le monde qui compte) se connaissait et cancanait. Qui est la « bonne société » ? Les Égyptiens, les Arabes ? À l'exception des dignitaires, le gros de la troupe, transparent, apparaît dans le décor parce qu'il alimente les bataillons des domestiques. Les commerçants, les petits Blancs, les employés, les couturières, toute cette classe moyenne qui fait tourner la boutique ? Ils n'en font évidemment pas partie… Les négociants, les banquiers, les affairistes, les Grecs, les Libanais, les Syriens, les Italiens, ces gens qui ont parfois bien mené leur barque, accumulé un bon pécule et roulé leur bosse parce qu'Alexandrie, c'est un peu le Far West ? Il faut voir au cas par cas. Enfin, qui décroche à coup sûr le label « bonne société » ? Des Européens, bien sûr, des Britanniques, des Français parfois, mais aussi, surtout peut-être, les grandes familles juives. Celles-là sont abonnées à vie au club, ont leurs cabines à la plage et leurs entrées au Sporting.

Pour les manières en milieu mondain, Rosette maîtrise. Très vite, sa table devient l'une des plus courues d'Alexandrie. Elle invente des façons de recevoir, des déjeuners où les invités sont regroupés par petits guéridons moins formels que le grand banquet. Elle a des marottes assez piquantes comme ces *boys dinners* où elle n'invite que des hommes. Mais chez les Menasce, ce talent d'exubérante maîtresse de maison est-il suffisant ? De toutes les histoires que j'ai entendues enfant, émerge en filigrane l'idée pas formulée mais allant de soi qu'il faut avoir de l'esprit, être brillant mais pas clinquant, cultivé mais pas pédant, polyglotte bien sûr, tout en parsemant son discours de mots du cru. Comme disait ma mère (à son four qui refusait de s'allumer) : « *Ya habibi*, mets-toi en marche… » Pour se réjouir d'une naissance, ces juifs-là ne s'écrient pas *Mazel tov !*, ils lancent : *Mabrouk !* en arabe.

Rosette, la femme qui a eu la chance de rencontrer Félix ? Qui ne vaut rien de plus que cette chance ? Ma mère évoquait une créature égocentrique : « Et tu as vu tous ces albums qu'elle faisait rien qu'avec des photos d'elle ? Rends-toi compte… » Me rendre compte de quoi ? Elle composait des albums avec ses photos, et alors ? Moi, je les trouve touchants, ces albums… À ce moment-là de la conversation, faute de pouvoir ériger le narcissisme en péché capital, ma mère comparait Rosette à Claire, sa fille. Celle-là, oui, c'était une femme intelligente. Très impressionnante aussi. Ce qu'elle était douée ! Avec tellement de talents ! Et drôle avec ça… J'entendais, une fois encore, l'exploit de Claire qui, jeune femme, avait gagné le pari d'aller d'Alexandrie au Caire en récitant des alexandrins pendant tout le trajet. Sans vouloir contester cette performance de bonne élève, je me suis toujours demandé combien de temps prenait ce parcours.

6

Alexandrines

Rien. Pas une photo. De Claire enfant, je n'ai rien. Pas même l'une de ces images où l'on range les frères et sœurs en rang d'oignons. Rosette, qui était si occupée à coller ses propres portraits dans des albums, n'a pas fait de zèle pour ses enfants. D'ailleurs, sur cette génération née au début du XXe siècle, à part Jean jouant avec le chien dans les jardins du Mena House du Caire, je ne trouve pas un cliché de bambin. Cela ne témoigne pas d'un éventuel défaut d'amour maternel. Dès que Polly O'Meara, la *nanny* britannique, a fait son entrée dans le paysage familial, Rosette n'a peut-être plus trop eu l'occasion de déployer ses talents de bonne mère. La professionnelle occupait le terrain.

« Miss Polly », comme disent mes cousins qui la trouvaient terrifiante. Éternelle vieille fille entrée chez les Menasce comme au couvent, Polly n'en ressortira qu'après avoir élevé Claire, Jean et Denise, puis, à la génération d'en dessous, les petits de Claire, soit ma tante Claude, mon oncle Éric et mon père Daniel. Rosette ne parle que français mais Polly, sans doute recrutée pour cela, ne s'adresse aux petits qu'en anglais. Sur le mode pas commode. Mon père ayant aussi été son client par la suite, on peut supposer que tous les « *Stiff upper lip !* » (On ne pleure pas !) et autres « *Who she ? The dog ?* » (Qui ça, elle ? Le chien ?) qu'il a entendus enfant, Claire les a supportés avant lui. Miss Polly interdit que l'on désigne des humains par des pronoms. Je ne sais rien de l'enfance de la première fille de Rosette et Félix, sinon qu'elle fut éduquée à la maison jusqu'à l'âge où l'on entrait au Lycée français. Soit en sixième si j'en juge par le parcours de mon père, lui aussi éduqué à la maison, lui aussi expédié d'un coup dans le grand bain.

Claire a-t-elle été bonne élève ? Et d'ailleurs, qui se souciait qu'une fille puisse être une bonne élève ? Elle est suffisamment obéissante pour s'enfourner des heures de par-cœur, elle répète en rythme : *Lorsque avec ses enfants vêtus de peaux de bêtes / Échevelé, livide au milieu des tempêtes, / Caïn se fut enfui...* et c'est sa tête qui s'enfuit vers les enfants qu'elle imagine avec les peaux de bêtes, elle préfère les appeler des podebettes, comme des robettes, et ça aurait quelle forme une podebette ? Elle mâchonne son crayon, regarde le plafond, commence à dessiner une toute petite robe dans le coin de la feuille, en marge de la jolie poésie qu'elle a recopiée avec soin. Elle aime les mots, elle les chantonne, échevelélividomilieudétempette, sur un air de quelque chose. Claire s'amuse, Claire lit tout ce qui lui fait plaisir, tout ce qui lui tombe sous la main même dans la bibliothèque de Félix pas trop regardant. Elle a dix ans, onze ans, douze ans, monte des saynètes en distribuant les rôles à Jean, jamais d'accord sur le dialogue, à Denise qui finit toujours par chouiner qu'elle ne veut pas faire le bébé, qu'elle va aller le dire à Polly et des pleurs, et elle est méchante avec moi... À quoi Polly répond : « *Who she ? The dog ?* » Qui ça, elle ? Le chien ?

Claire a quinze ans, seize ans, dix-sept ans, elle dessine sur tout ce qu'elle trouve de fines silhouettes de femmes, de grandes robes fuseaux avec des décolletés de dos en pointe, de longs bras souples, des poses élégantes. Au Lycée français, en cours de dessin, il y a ce jeune garçon qui fait des croquis de drapés, de plissés, de tenues semblant moulées sur le corps. Il est grec, s'appelle Jean Demètre, Claire le regarde de haut parce qu'il a trois ans de moins. Elle se mord un peu la lèvre pour l'admettre mais quand même ses croquis sont drôlement fortiches. C'est quoi, là ? Une robe pour ma mère. Pour ta mère ? Tu dessines des robes pour ta mère ? Ben oui. Et pourquoi je ne le ferais pas ? Claire a très envie de savoir crayonner comme lui, met de côté son orgueil de grande qui ne va pas demander à ce gamin de l'aider à en faire autant. Claire cède à son envie de connaître les trucs et les astuces de l'autre parce que ses silhouettes à elle sont raides comme des balais. L'enjeu vaut de ravaler sa fierté. Jean Demètre va devenir célèbre dans la haute couture parisienne sous le nom de Jean Dessès, on peut voir ses robes au musée Galliera. Claire et Jean seront amis toute leur vie.

*

Comment Claire a-t-elle rencontré Jacques Vincendon, fils et petit-fils de généraux dont les six maisons de famille à Saint-Jean-de-Luz portaient toutes des noms de batailles de

Napoléon III ? Sans doute grâce aux vertus combinées de la coloniale et de l'entropie sociale. En route vers l'Indochine où le jeune banquier avait affaire et en escale à Alexandrie, ce représentant de la bonne bourgeoisie de la paroisse Saint-François-Xavier de Paris VIIe était recommandé à tel ou tel et se retrouvait automatiquement plongé dans le beau monde. L'album photo que Jacques a composé sur ce périple part du Pays basque en 1919, embarque sur le SS *Louqsor* à la Joliette, fait étape à Beyrouth et à Port-Saïd puis se poursuit à bord du SS *Sphinx*, arrive devant les Pyramides, se promène dans les mosquées du Caire et parvient enfin, en 1921, à Alexandrie. Suivent alors beaucoup de photos de jeunes gens – ses compagnons de voyage –, les Adda, Délompré, Beaumont, Bruneel, posant dignement ou faisant les idiots. Commence aussi la découverte de la ville, le long du canal Mahmoudieh, sur la côte de Ramleh, devant le lac Mariout. Images de la mosquée Nebi Daniel, de la plage de Stanley Bay et même de l'arrivée du sultan Fouad Ier en visite officielle à Alexandrie avec « les indigènes qui suivent en acclamant » (c'est Jacques qui écrit).

Trois pages plus loin, premières images de Claire. Jacques, qui légende tous les clichés de son album avec soin, créditant même parfois l'auteur, n'a rien écrit sous ces portraits-là. Je la reconnais au premier coup d'œil. Rareté, Claire a les cheveux lâchés. Une longue chevelure épaisse comme en avaient les jeunes filles de cette époque. Elle porte une tenue folklorisante, avec des galons brodés. Fait-il chaud ? La toile semble bien épaisse. À gauche, un chapeau, à droite, les cheveux lâchés. Qui a fait la photo ? Qui lui a demandé d'enlever le chapeau et de défaire le chignon ? Jacques ? Je n'arrive pas à cerner le degré d'audace mais je vois bien au sourire de Claire, à son regard ironique, qu'elle n'est pas mécontente d'avoir osé.

Elle a dix-neuf ou vingt ans, elle tombe amoureuse de ce beau garçon âgé de sept ans de plus qu'elle, déjà installé dans la vie, bref tout parfait sauf que non. Félix est fort mécontent. Comment sa fille a-t-elle osé choisir ce Français fade et sans couleur alors qu'Alexandrie ne manque pas de jeunes gens attractifs dans toutes les bonnes familles ? J'essaie de me glisser dans sa tête, de deviner ce qui l'exaspère le plus. Que Jacques soit catholique, même pas un chrétien d'Orient, non, un catholique bien français, propre à déclencher les cris de harpie des tantes et des cousines ? Ou bien son côté grand dadais ? Ou encore juste le fait que sa fille ose reproduire ce qui avait été sa transgression à lui, Félix ?

Claire n'est pas moins déterminée dans son engagement avec Jacques que Félix ne l'était dans le sien avec Rosette.

Jacques Vincendon n'a pas le profil du gendre rêvé de Félix mais heureusement pour lui Haïm Weizmann est là. Habitué de la maison de la rue Rassafa, Weizmann fait partie de la famille au point de pouvoir plaider la cause de Claire auprès de son père, quand même, il suffit de les regarder, ils sont très amoureux, allons, voyons, il n'est pas si mal ce jeune homme... On m'a souvent raconté que mon père, le fils de Jacques, avait sauté enfant sur les genoux du futur président d'Israël. Vu sa proximité avec les Menasce, et l'affection qu'il pouvait avoir pour Rosette et Claire, cette familiarité est très probable.

Né en Pologne, Haïm Weizmann avait fait des études de chimie en Angleterre, puis mis au point un explosif offert à l'industrie de guerre anglaise. En échange de ce cadeau, il avait obtenu des Britanniques la promesse de l'établissement d'un foyer juif en Palestine. C'est la déclaration Balfour de 1917. Ce texte très court, une simple lettre, assure que le gouvernement britannique « emploiera tous ses efforts pour faciliter la réalisation de cet objectif, étant clairement entendu », point délicat, « que rien ne sera fait qui porte atteinte aux droits civils et religieux des communautés non juives de Palestine ». Deuxième partie de phrase vite effacée. Un classique de l'Histoire. Rocard avait dit que la France ne pouvait pas accueillir toute la misère du monde et on a oublié qu'elle devait néanmoins « en prendre sa juste part ».

Dans ces années 1920, pour un juif ashkénaze d'Europe de l'Est comme Haïm Weizmann, les Arabes du Proche-Orient sont un mystère. Pour Félix de Menasce, ils sont une fréquentation quotidienne. Sioniste modéré qui parle leur langue, bien placé à Alexandrie pour savoir que des populations diverses peuvent cohabiter en paix, Félix entame de discrètes discussions avec les leaders palestiniens. Elles n'aboutissent à rien. Nous autres les descendants aurions tiré beaucoup de fierté d'un arrière-grand-père artisan de la paix au Proche-Orient mais ce n'est déjà pas mal qu'il ait essayé. Félix et son fils Georges achètent quantité de terrains en Palestine, également dans le delta du Nil en cas de plan B, donnent de l'argent à la cause et, après la guerre, offriront le foncier palestinien au jeune État d'Israël. Il existe un square Menasce dans une petite ville israélienne dont j'ai oublié le nom.

Claire veut épouser Jacques, Rosette l'appuie comme elle appuie tout ce que fait sa fille mais Félix est coriace. J'essaie d'imaginer la négociation et là, je réalise que j'ai fait parler Rosette sans difficulté, comme si je l'entendais quand elle minaude, s'esclaffe, se désespère, pousse de grands rires… Pour Claire, rien. Elle m'intimide. Impossible d'imaginer comment elle s'adresse à Félix. En anglais, en français ? « *My beloved sweet Papaaahh… ?* » Mon petit papa chéri, très fille adorée gâtée ou, à l'inverse, jeune femme certaine d'obtenir ce qu'elle veut, discutant avec son géniteur comme avec un associé : « Très cher père, sache que je compte bien épouser Jacques, il faudrait penser à fixer une date. » Je n'en sais rien. Elle est maligne, pleine d'esprit, sûre au fond que Félix va finir par céder et c'est vrai. Il accepte. Rosette triomphe. Le grand moment de sa fille se profile, mais aussi celui dont la petite Parisienne avait tant rêvé pour elle-même. Ce plaisir par procuration lui donne des frissons. Rosette voit Claire qui s'agite, jubile, s'excite, pousse des « Aaah ! » et des « Oooh ! » d'admiration devant les si jolis cadeaux qui s'accumulent, trépigne de devoir attendre les premiers essayages de la robe, dessine des arrangements de fleurs puis froisse la feuille puis redessine… Elle passe en coup de vent d'une pièce à l'autre, s'arrête net : « Oups, j'allais oublier… » Virage pied droit, redémarrage sec dans l'autre sens. Toute la journée. Rosette fait mine de n'en plus pouvoir, soupire : « Ayouuuh, ma fille, pose-toi un peu… » Jacques tente : « Darling, je t'en prie, ne peut-on pas faire ça calmement ?… » Au vrai, ce spectacle les enchante.

La réception est une réussite. Le Tout-Alexandrie est là, dans les jardins de la maison des Menasce, merveille de gazon anglais et de bosquets fleuris, c'est l'après-midi, ces dames ont des robes de cocktail et des chapeaux d'été, ces messieurs des nœuds papillons. La robe de Claire est à la pointe de la mode, pas question de se déguiser en marquise. Les cheveux coupés au carré, le bord du voile appuyé sur la frange. Dans les albums de Claire, chose conforme à ses talents graphiques et aux habitudes de Rosette qui en fait autant, certaines photos sont découpées le long des personnages. Il faut prendre des ciseaux de broderie et s'appliquer car il ne manque pas une pointe de chaussure ou une extrémité de doigt aux photographiés. Un travail de méticuleuse. Voici une image du mariage après traitement. Claire porte cette robe qui s'arrête au-dessus des chevilles et Jacques des guêtres blanches. Ils sont assis sur un canapé en brocart de velours, surplombés par Rosette une fesse sur l'accoudoir avec en arrière-plan un énorme bouquet de fleurs. Cette partie du cliché a donné du souci à la découpeuse qui a renoncé à passer ses ciseaux entre les pétales. Mais le talon bobine de Rosette est bien net.

Collé sur le fond noir de la page, l'équipage semble flotter sur son vaisseau-canapé. Est-ce le procédé ou bien la mine grave de Rosette, l'air ahuri de Jacques, la main de Claire arrimée à celle de sa mère ? L'ambiance est étrange. Seule la mariée a l'air ravi. J'aimerais voir un peu de décor, les salons, les toilettes de ces dames... Mais sur les autres pages consacrées à la réception, rien de tout cela. Plus que l'apparat, l'album restitue une ambiance. En légende de la photo où deux domestiques posent derrière le buffet avant l'arrivée des invités, Claire a écrit : « *Before the orgy !* » Avant l'orgie. Maintenant, les convives se pressent devant les seaux à champagne. Claire : « *Another little drink couldn't do us any harm !!!...* » Un petit verre de plus ne pouvait pas nous faire de mal. Je décris un album de famille. Très ethnographe de son propre mariage, Claire note aussi, à côté de l'image de ces dames en grands chapeaux devant la pièce montée : « *... little bits of food to keep them happy !* » Donnez-leur à manger. Nous sommes le 24 juin 1924, il fait vingt-cinq degrés et les cinq étages de la pièce montée tiennent encore debout.

Claire se marie, Claire est très vite enceinte de Claude. En avril 1925, est-ce le Dr Carlo Pinto, accoucheur de la bonne société d'Alexandrie, qui la met au monde ? Claude voit le jour dans la maison de la rue Rassafa, là où naîtront aussi ses deux frères, Daniel puis Éric. Je regarde Claire allongée sur son lit, l'air absent et fatigué de la femme qui vient de passer un moment compliqué, un léger sourire quand même au photographe, sûrement Jacques, dont on aperçoit le reflet dans le miroir de la chambre. Le bébé est posé sur maman, ravissant. Une solide sage-femme se tient derrière le lit. Après Rosette et Claire, voici Claude, la première de mes trois Alexandrines que j'attrape dès sa naissance, photographiée sur les genoux de papa, de maman, de grand-père Félix, dans le landau, dans le jardin, pour ses premiers pas, sa première grande poupée, ses premiers goûters d'enfants, ses yeux bleus, ses cheveux en houppette sur le sommet du crâne, ses sourires de poupon câliné. Polly est là, quelques rides en plus. La vie d'Alexandrie aussi. Entre deux images du bébé, une photo de Claire avec Félix, assis, tous deux devant une grande fenêtre, très dignes. Et une autre de Claire déguisée en cartomancienne, pipe à la bouche, jupe ultra-courte et jambes de rêve. L'amour, le bébé et la fête. Peut-on être plus heureuse ?

7

Le secret

En 1925, année du mariage de Claire et Jacques, Rosette et Félix sont sur la voie du démariage. Rosette s'épanche-t-elle auprès de sa fille ? « Si tu savais comment ton père m'en fait voir, ce qu'il me fait supporter… » La plainte ordinaire. Mais depuis peu, un sujet supplémentaire. « Toutes ces discussions avec Jean, ces querelles incessantes, et à la fin, qui récolte la mauvaise humeur ? C'est moi », gémit Rosette. Elle tourne en rond dans le salon, secoue la tête de dépit, allume une cigarette, l'éteint sans y prendre garde, regarde le cendrier. « Mais vois ce que cet énervement me fait faire ! Je deviens folle… » Assise sur le canapé, Claire sort une autre cigarette d'une boîte en argent posée sur un guéridon, l'allume, la passe à sa mère. Par principe, Claire se range du côté de Jean, son cadet de deux ans. « Il est jeune, il faut comprendre, c'est l'âge de l'intransigeance… » « De l'intransigeance ? Quand il accuse ton père de n'être pas un vrai sioniste ? Quand il lui donne des leçons d'engagement parce que lui, il a rejoint l'organisation sioniste à Genève, parce qu'il rédige ce, ce… comment s'appelle cette publication ? » « Le *Bulletin d'informations.* » « Ah oui, le *Bulletin d'informations*, Haïm nous en avait parlé. »

Rosette tire une ou deux bouffées, arpente la pièce en regardant le tapis, s'arrête net, relève la tête. « J'y pense, ce *Bulletin*, Haïm devait le confier à Albert, l'écrivain, tu sais cet ami de papa, quel est son nom déjà ? » « Albert Cohen. » « Ah oui, c'est ça. » « Haïm aurait dû donner ce travail tout de suite à Albert Cohen ; d'ailleurs, maintenant, c'est bien lui qui s'en occupe, non ? » « Oui. » « Ah voilà, ça confirme ce que je pense, si Haïm n'avait pas embarqué Jean là-dedans, il se serait peut-être un peu calmé. » Claire se lève, se dirige tranquillement vers le bar, se sert un whisky. « Je ne crois pas, maman ; ce n'est pas une passade. Jean est un intellectuel, vous l'avez envoyé faire des études de littérature et de philosophie à Oxford, il vit avec les livres et il réfléchit en philosophe. » « Pas faux », se dit Rosette. Elle en bave mais au fond elle est bien fière de son fils. Intérieurement, elle reconnaît que Claire a raison. Elle s'écroule dans un fauteuil. « Quand même, ajoute-t-elle, je me demande si Jean ne préfère pas Haïm à ton père… » Dans ses moments d'affection, Claire appelle sa mère « ma p'tite ». « Mais non, ma p'tite, Jean aime son père ; ne t'en fais pas, ça va se tasser. »

Parfois, Rosette aurait bien envie de tout envoyer promener. Pas longtemps. Elle sait qu'il vaut mieux être madame la baronne de Menasce au côté d'un grognon que madame rien du tout au côté de personne. Claire, joyeuse et gaie du matin au soir, relève l'ambiance. Jacques et elle sont mariés mais, comme on dirait aujourd'hui, ils s'incrustent chez les parents. Cela n'améliore pas l'humeur de Félix. Il bougonne. « Ce jeune homme devrait quand même penser à trouver un appartement pour son épouse, il est chef de famille, bon sang de bonsoir, je me demande s'il l'a compris. Je n'aurais jamais dû accepter ce mariage… Un velléitaire, voilà ce que tu nous as fait faire : nous avons marié notre fille à un velléitaire ! » Rosette lève les yeux au ciel, soupire : « Sois honnête, tu n'aimes que ça, avoir tout ton monde autour de toi, tu n'as aucune envie qu'ils s'en aillent. » « Pardon ? Mais pas du tout, le plus tôt sera le mieux et d'ailleurs nous en avons suffisamment parlé, j'en ai par-dessus la tête de ces discussions... » « Moi aussi, j'en ai par-dessus la tête et laisse-moi te dire, mon ami... » Dans la maison de la rue Rassafa, un couple roucoule, un autre coule, les deux sous le même toit.

Évidemment, Claire et Jacques finissent par dénicher sans trop de difficultés un appartement dans l'un des immeubles Menasce appartenant à Georges, le premier fils de Félix. Le loyer est cadeau et quel appartement... Rue Fouad Ier, l'artère la plus chic d'Alexandrie, sur le tracé de l'antique voie Canopique, là où se trouvent les magasins distingués. Quand Papagalos le maître tailleur affirme dans ses réclames qu'il s'est installé au nº 1, rue Fouad Ier, dans un cadre digne de sa clientèle, tout est dit. L'appartement est immense, son balcon file le long de la corniche du dernier étage. Plus tard, mon père et son frère feront des courses de vélo dans le corridor. Quelle atmosphère délicieuse dans cet endroit... La récente Mme Vincendon démarre sa vie de jeune mariée et jeune mère à sa créative façon. Elle ne se contente plus de dessiner, elle écrit aussi. Rien de bien ambitieux, des paroles de chanson, de courtes pièces de théâtre mais, attention, pas de tragédie, juste de plaisantes et piquantes revues que l'on produit au profit de telle ou telle bonne œuvre, avec des costumes créés par elle-même. Naturellement, elle figure dans la distribution. Sur la photo, scène de soirée, les acteurs posent harmonieusement disposés autour d'un canapé Louis XVI, ces messieurs en costume trois-pièces et nœud papillon, Claire dans une élégante robe à petit col avec des chaussures, comment dire ?... Des brides, des talons, une ligne parfaite, je voudrais les mêmes. Sur chaque image, ma grand-mère a une cigarette à la main.

Le talent de Claire Vincendon née Menasce en fait-il une comédienne ? Difficile de compter sur le sens critique de mes confrères de l'époque pour le savoir. *La Réforme illustrée*, supplément hebdomadaire d'un quotidien de référence, raconte par exemple une « revuette » et félicite, entre autres, Claire Vincendon pour son interprétation « éblouissante ». Dans les albums, je ne compte plus le nombre de photographies où Rosette ou Claire sont déguisées. En Andalouse, en Bédouine, en Espagnole, en princesse orientale, en blonde aussi.

Mais tandis que je vis un moment délicieux à ironiser sur les plaisirs de ce monde-là, brusquement, une impression. Que penserait Claire de ce que j'écris sur elle ? « Tu n'exagères pas un peu en faisant de moi cette frivole, cette rigolote ne songeant qu'à s'amuser, ce personnage d'enfant gâtée ? Tu me trouves égoïste ? Tu crois que dans ces années de jeunesse je ne voyais rien autour de moi ? Mon beau mari, ma mignonne petite fille, mes réceptions, mes sorties, mon magnifique appartement... Et tout le reste, ce qui était en train d'arriver chez mon père et ma mère, je n'aurais rien perçu ? Je ne te parle pas de leurs affrontements, de leurs disputes continuelles, de leur façon de me prendre à témoin pour me faire dire qui a raison, qui a tort... Je te parle de cette terrible décision de mon frère Jean... J'ai fait ce que j'ai pu, moi, avec cette conversion au catholicisme. Que pouvais-je comprendre quand il nous disait qu'il voulait se faire baptiser, lui le sioniste, alors que les catholiques, il me semble, n'ont jamais été les meilleurs amis des juifs ? On s'entendait tellement bien, Jean et moi, on avait toujours tout fait ensemble, et j'aurais pris ça à la légère ? C'était affreux, les cris de Félix, les portes claquées, Rosette en pleurs : "Et que vont dire les gens, et pourquoi nous, et pourquoi nous fait-il ça ?"

J'ai consolé ma mère et, de surcroît, reconnais-le, j'ai gardé le secret de Jean pour moi. J'avais pourtant l'impression qu'il pouvait expliquer une partie des choses. »

Claire a raison, il faut le lui accorder, elle a gardé le secret. La preuve, trois générations plus tard, je n'en savais rien. Dans les nombreuses biographies de Jean de Menasce, on apprend que, passé la vingtaine, le jeune homme a traversé trois ans de profonde dépression, période dont il n'aurait jamais voulu parler par la suite. Dans la famille, on évoquait un pur esprit devenu un pieux catholique. Mais toi, Claire, tu savais ce qui collait ton frère au fond du trou. Quand tu l'as vu entrer au noviciat des Dominicains en 1930, trois ans seulement après son baptême, afin d'être ordonné prêtre, n'as-tu pas discerné là une sorte de logique ? Jean aimait les garçons. Il te l'avait avoué un jour en se tordant les doigts. Vous étiez dans le jardin, assis sur un petit banc caché derrière une tonnelle soutenant une bougainvillée de concours et tu avais pouffé en te souvenant de votre tentative pour grimper sur le mur depuis le banc, tes pieds sur ses épaules jusqu'à la chute, les branches qui craquent et les cris, les rires une fois tombés à la renverse et les « Chut ! on va nous entendre, on va se faire gronder »... « On était heureux, hein ? » « Oui, on était heureux. » Il y a eu ce silence, et puis ce drôle de regard de Jean derrière ses lunettes rondes, cette atmosphère qui tout à coup se plombe alors que là, tout de suite, vous étiez si joyeux. Et maintenant, tu es heureux ? Non, pas vraiment… Il a tenté d'expliquer pourquoi, sans prononcer les vrais mots, avec des circonvolutions, mais tu as compris et tu as juste dit : « Alors ça… » Puis tu as demandé ce qu'on allait faire désormais, à quoi Jean a répondu qu'on n'allait rien faire du tout et ne rien dire à personne. Alors tu n'as rien dit. Tu as seulement pensé que si un vœu de chasteté suffisait pour dompter le désir, cela se saurait. Mais c'était son affaire et le désir, toi, tu l'as toujours accueilli avec bonheur. Note bien, moi aussi.

*

À Alexandrie entre les deux guerres, c'est tous les jours la fête au village. En 1930, est lancée *Ma revue*, élégante publication qui apprécie la mode, les mariages princiers, les belles automobiles, le mois hippique et en confie le compte rendu à quelques esthètes de la haute société européenne en Égypte, son lectorat. Première phrase de l'éditorial, signé R. Avellino : « Rassurez-vous, amis lecteurs. Nous ne parlerons jamais sous cette rubrique ni coton, ni politique, ni bourse. » Avellino apparaît sous le titre de la revue comme « secrétaire de rédaction », aujourd'hui plutôt une fonction d'exécution, mais il se félicite en directeur de la rédaction du succès du premier numéro qui fut accueilli le plus aimablement possible par ses charmants confrères (*sic*). Après quoi viennent huit pages de chronique mondaine non signées, que le même s'est certainement farcies et où il enchaîne, je livre en vrac, les réceptions, thé-bridge, après-midi dansant, après-midi musical, après-midi jeunesse, soirée pleine d'entrain, soirée très réussie, soirée des plus élégantes, et quand il est à court d'adjectifs, soirée tout court.

Claire participe à plein de cette société-là. Elle n'est pas une belle fille. La jolie, c'est Denise, sa petite sœur. Un gentil sourire, mignonne, un rien godiche mais pas dotée d'un grand nez comme l'autre. Je regarde l'aînée. Une photo de plage encore. Claire est en maillot assise en tailleur avec derrière elle un garçon en bras de chemise et un autre en pull, chemise et cravate. Mystère des tenues balnéaires de l'époque. Les cheveux courts, une mèche qui flotte au vent, une fossette au menton, le sourire des femmes qui ont une grande bouche, un regard un rien ironique. Elle est à mille lieues de ces figures gnangnan encadrées de chevelures sculptées en bouclé-ondulé. Claire ressemble à une femme d'aujourd'hui. Une femme moderne. Elle a fait les Beaux-Arts de Paris, a toujours affirmé la famille. Je ne la trouve dans aucune liste d'anciens élèves, pas plus dans celles des Arts déco (on aurait pu se tromper). Elle n'a peut-être pas eu son diplôme, c'est éventuellement faux et sans importance. Claire dessinait de ravissantes silhouettes de femmes comme on le fait dans la haute couture, s'habillait chic, avait du goût. C'est elle qui avait décoré l'appartement de Fritz Katz, me dit mon oncle. « De qui ? » Fritz Katz, juif, allemand, médecin et arrivé en 1932 grâce à la protection des Menasce. Dans la légende familiale, Fritz Katz a une place à part.

Le voici avec ses petites lunettes rondes, pas très beau mais toutes les femmes l'adoraient, Claire la première. Fritz Katz est chirurgien, il arrive de l'Hôpital israélite de Francfort, nous sommes en 1932, et lequel des Menasce lui a proposé de venir prendre en charge le tout nouveau service de chirurgie du tout nouvel hôpital que la famille vient de construire à Alexandrie, je n'en sais rien. Quitter l'Allemagne était juste urgent. Organiser des bals et des réceptions n'empêche pas certaines grandes familles juives d'Alexandrie de se préoccuper du sort des juifs d'Europe. Fritz Katz a trente-quatre ans, il est né en Silésie prussienne, a exercé dans plusieurs villes d'Allemagne, on ne trouve pas beaucoup d'informations sur lui et même les administrateurs de Wikipédia mettent en garde sur la faiblesse de celles que contient sa fiche. Mais j'en ai toujours entendu parler. Il s'exprime d'une voix de basse avec un fort accent allemand, devient très vite le compagnon de route de la famille. Côté métier, Katz est un praticien soucieux de participer aux avancées médicales de son temps dans cet hôpital à la pointe du progrès, quoique doté d'une façade de musée des Beaux-Arts. Côté vie mondaine, son nom revient en boucle dans les récits de sorties, d'escapades, de soirées. Dans l'une des deux photos que je possède, il est en smoking, gilet et nœud papillon blancs, un camélia au revers, beaucoup d'allure et la décontraction des gens portant souvent ce genre de tenue contrairement aux hommes d'aujourd'hui qui se sentent déguisés.

Claire fait partie d'une bande, des noms qui reviennent en boucle, des Élie Modaï, Max Bally, Basil Rees, Marcel Salama, Pierrot Grandguillot, Raymond de Menasce et mon préféré, le comte Ziquet de Zogheb. À l'été 1927, ils sont tout un groupe en maillot de bain à faire les malins pour le photographe : « Allez, en file, on lève la jambe gauche, bien ensemble… » Clic-clac Kodak. Les postures se poursuivent sur les pages de ces albums de famille que je fais défiler sur l'écran depuis que mon compagnon les a numérisées : « Et à droite c'est qui ? Et à gauche qui est-ce ? » Et on reprend, photo A, de droite à gauche, B, C, D et ainsi de suite, et mon oncle qui a une mémoire incroyable, qui se souvient de presque tous… Ne pas oublier, ne pas perdre, tout noter. J'ai tellement le sentiment d'arriver de justesse, de jouer mon ultime carte. Mon père disait souvent que quand l'élève est prêt, le maître vient. Une bonne phrase de procrastinateur. Ai-je trop attendu d'être prête ?

8

La chambre

Enfant, à propos de Rosette, je n'entendais que des anecdotes rigolotes. Je livre en vrac et au diable la chronologie. Un jour, Rosette entre dans un magasin à Londres avec Polly, la *nanny* anglaise de ses enfants. « Polly, demandez le prix de ce chapeau ! » Polly (en français avec l'accent anglais) : « Madame la baronne voudrait connaître le prix de ce chapeau… » Rosette : « Mais enfin, Polly, parlez anglais ! » Rosette chez Maxim's avec mon oncle, son petit-fils. Au maître d'hôtel : « Dites-moi, Albert, c'était beaucoup moins cher avant la guerre… » De honte, mon oncle met sa serviette sur sa tête. Après quoi, elle l'emmène danser au Sheherazade et lui dit : « Tu ne trouves pas que je danse mieux que tes amies ? » Parfois, quand même, une histoire touchante. Marcel Fort, proviseur du Lycée français d'Alexandrie, est une personnalité que l'on reçoit avec le respect dû aux notabilités. Quand elle l'a à sa table, Rosette minaude juste ce qu'il faut avec des « mon cher ami » lancés d'une voix pointue et de grands rires. Un jour pourtant, elle arrête les frivolités, le prend à part et lui demande une liste de tous les livres qu'il faudrait avoir lus dans une vie. Elle est soulagée d'avoir osé. Elle a grandi sans jamais toucher un volume mais là, ça suffit, elle va se lancer, s'y mettre, rattraper… Toutefois, elle ne veut pas avoir l'air de demander de l'aide, ça non. Plutôt tenir son personnage : « Mon cher, vous qui avez tout lu, que conseilleriez-vous parmi les œuvres indispensables, les incontournables, enfin, vous voyez ce que je veux dire ? » Brave type, il donne son palmarès. Elle les a tous lus, assure mon cousin qui est la bienveillance même pour sa grand-mère.

Rosette lectrice ? On n'en parlait jamais. Mes cousins me disent d'un air d'évidence que Rosette avait une très belle bibliothèque. Pas de chance, je n'en ai aucune photo. Juste une image de sa chambre, la pièce voisine. Le décor semble un rien chargé, effet des bergères en satin galonné. À mieux y regarder, le mobilier n'est pas si mémère. Un fauteuil très années 1930. Un lit poussé dans le coin, peut-être une confortable banquette sur laquelle on s'écroule, avec ses coussins jetés un peu n'importe comment. Drôle de literie. Les grands bourgeois d'Alexandrie ne dorment-ils pas dans de somptueux baldaquins trônant au milieu des chambres ?

Est-ce vraiment un lit, son lit ? Je zoome. Une table de nuit. Posée dessus, la photo encadrée de Jean. Il est adulte. Il est même dans son aube blanche de dominicain, avec ses lunettes rondes. J'ai vu cette image mille fois, elle figure sur Internet. Jean de Menasce est devenu prêtre en 1930. Quand cette photo est prise, Rosette dort seule dans son moderne lit-banquette depuis combien d'années ? En 1936, dans une lettre qu'elle envoie à son cher fils, elle évoque Félix, cet homme qui, depuis bientôt quatorze ans, ne lui a donné aucune satisfaction. Quatorze ans ? Dès 1920 environ, rien ne va plus entre Félix et Rosette ? Je croyais que la conversion de Jean au catholicisme, en 1926, était la source du sale climat entre les époux… Même pas. Les options religieuses du fils ont seulement dû alourdir l'ambiance. J'aimais imaginer ces deux-là suffisamment jouisseurs pour s'entendre un bon bout de temps et puis non, pas du tout, peut-être fini le désir, je ne peux plus la supporter, je ne peux plus le souffrir, il ne m'adresse plus la parole, mais qu'elle arrête de me regarder comme ça, je n'aurais jamais cru ça de lui… Les grandes maisons facilitent la chambre à part.

Sur la photo, au-dessus du lit, un crucifix d'où pendent un bout de chapelet et une branchette de buis bénit. Tiens donc… Rosette garde une petite poire de catholicisme pour la soif, au cas où ? Sur la table de chevet, elle aurait aussi bien pu poser l'une des photos de Jean à Oxford, de celles où il devise avec ses condisciples du Balliol College en élégant costume. Par exemple, l'image qui apparaît en premier dans la sélection de Google. À côté de trois personnages dont l'attitude est celle que nous avons aujourd'hui quand chacun regarde l'écran de son portable, Jean fixe le photographe. Un pantalon clair impeccable, la veste un peu flapie de l'intellectuel qui met des choses dans ses poches. Très chic. Rosette préfère la photo en curé. Peut-être même préfère-t-elle son fils en curé.

Rosette fait rire l'assistance en appelant Jean « mon révérend père et fils ». Pourquoi faire dans le tragique ? La vie de Rosette, ce n'est pas un clou chasse l'autre, tous les clous s'amassent dans une grande caisse à outils. Elle reste fidèle à sa manière aux croyances de son enfance, ne renie rien, ne développe aucune foi militante du nouveau converti. Seul l'antisémitisme lui donne de l'urticaire. Rosette est scandalisée quand on lui rapporte qu'à l'approche de Pâques, l'un des frères du collège Sainte-Catherine met en garde ses élèves contre le « peuple déicide ». Elle soutient à fond son clan Menasce dans sa contre-offensive sur le front scolaire. En 1926, la communauté crée le premier Lycée juif, évidemment ouvert à tout le monde comme l'Hôpital israélite et tout ce que les Menasce mettent sur pied. Les écoles Menasce avaient été fondées par les ancêtres en 1885, elles délivrent depuis quelques décennies un enseignement ouvert fondé sur les préceptes de l'Alliance israélite universelle, organisation de libres-penseurs majoritairement français. Cela n'empêche pas les Menasce d'envoyer leurs enfants au Lycée français d'Alexandrie, affaire de standing.

Rosette, catholique convertie au judaïsme, mère d'un fils pas techniquement juif qui se fait baptiser catholique une fois jeune homme, profondément choquée par l'antisémitisme et par l'intolérance en général, ne tournant le dos à rien et mitonnant sa sauce personnelle, constitue un beau spécimen d'Alexandrine. Une historiette encore. Un vendredi, Rosette reçoit à déjeuner un échantillon de la bonne société dont un curé.

Horreur, malheur, arrive sur la table un rôti. Rosette s'excuse, bafouille qu'elle a complètement oublié le jour de la semaine quand elle a donné son accord au menu que lui proposait le cuistot, comme elle dit. Mais le prêtre l'arrête, lève deux mains et, solennellement, s'adresse au rôti en disant : « Je te baptise Carpe ! » Elle n'en peut plus de rire, d'ailleurs toute la tablée s'esclaffe. Rosette adore ce genre de situation.

Elle apprécie les petites provocations. Dans sa chambre, un tableau, beaucoup plus grand que le modeste portrait de Jean, la représente nue de dos, un pudique drapé masquant la raie des fesses. Marcel Roche, peintre mondain que mon grand-oncle Georges a lancé dans le Tout-Alexandrie en lui offrant sa première exposition en 1931, est l'auteur de cette œuvre. Est-ce vraiment Rosette sur la toile ? A-t-elle posé des heures à moitié à poil ? Elle est ravie qu'on puisse le penser. Personnellement, au vu du nombre de nus de dos peints par le productif Marcel Roche, j'ai des doutes. Rosette aime être courtisée, entourée de ces messieurs si amusants, si prévenants. Un vrai club d'admirateurs. Cette façon de se placer au centre du jeu n'est pas sympathique pour tout le monde, horripilante pour beaucoup de femmes. Au fond, Rosette avait toutes les caractéristiques pour faire partie de ces bataillons d'égocentriques qui font d'affreuses mères, incapables de supporter la concurrence d'une autre, fût-elle leur fille. Mais non. Elle couve Claire, s'émerveille de voir grandir cette petite créature curieuse, exploratrice de son monde. La mère aime sa fille. Rien que pour ça, j'adore Rosette.

9

En parallèle

Il fait chaud, les fenêtres de la maison sont fermées depuis cinq heures mais la tempête de sable se glisse dans le moindre interstice, pénètre partout, dépose un film grisé sur les meubles. On se croirait dans la demeure abandonnée d'un conte. Claire attend son troisième enfant, elle ne supporte pas trop la chaleur, ou plutôt ce confinement forcé. Elle traîne dans le salon de musique de Georges, passe un doigt sur l'un des deux pianos à queue, dessine un cercle dans la poussière. « Pas de concert ce mardi ? » Georges est grognon. « Non, pas ce mardi. Qui viendrait ? On ne peut pas mettre un pied dehors… » « Oui, bien sûr. Tu attendais beaucoup de monde ?

Vingt personnes ? Ah, quand même... » Claire marque un temps. Elle esquisse un petit personnage dans la poussière du bout de l'index, jauge le résultat, relève la tête. « Que veux-tu, le désert se rappelle à nous, c'est l'Égypte... » « Merci de me le signaler, je suis au courant mais certains jours je me demande si je ne préférerais pas retourner en Angleterre. » « Pardon ? » « Non, je plaisante. »

Georges est le premier fils de Félix de Menasce, né du mariage avec Céline de Menasce sa cousine. Il est cent pour cent Menasce, le plus authentiquement juif de la famille, le plus riche aussi car il a hérité de sa mère, morte quand il avait neuf ans. Georges a dix ans de plus que Claire, c'est un excellent pianiste, un collectionneur, un esthète. Chaque mardi, il organise un concert en chambre, dans la maison de la rue Rassafa, en invitant d'autres musiciens à participer. Il commence à avoir son public. Claire l'adore, même quand il bougonne. Mais là, tout de suite, elle a un peu mal au cœur, pas trop l'énergie pour ironiser sur les gros soucis de son frère victime du climat. Elle aurait envie de sortir, de marcher le long de la corniche, de voir la mer, d'entendre le vent dans les feuilles des palmiers, de regarder le soleil se coucher sur Ras El Tin. Claire aime Alexandrie. Pour elle, l'exotisme débute quand elle accompagne Jacques à Saint-Jean-de-Luz pour rendre visite au général Vincendon et à madame la générale, ses beaux-parents.

Claire envoie ses escarpins valser, s'effondre sur un canapé, sent l'assoupissement la gagner avec de curieuses pensées en mélange dans la tête, le bruit infernal du vent, la lumière qui disparaît dans le nuage de sable, Rosette criant quelque part dans la maison parce qu'une porte a mal été fermée et boum, boum, boum, les petits pas de Claude galopant dans le couloir avec un bruit d'éléphanteau de trois ans, les cris de son frère Dan, deux ans, Polly qui tente de faire de la discipline, toute une confusion que Claire perçoit dans le sommeil qui la prend là, mal calée sur cet inconfortable divan du salon de musique. Elle a continuellement envie de dormir depuis qu'elle est enceinte. « C'est drôle, pour les deux autres je n'avais pas vécu ça, mais là, je n'en peux plus… » Elle sent une petite bouche sur sa joue, il lui semble entendre Polly dire : « *Give a kiss to Mummy, be a good girl, let her sleep…* » Claire s'endort d'un coup.

C'est fou ce que Jacques l'aime. Je tombe sur une photo de Claire endormie, dans un lit cette fois, le plissé du drap sur le corps, un bras sous la tête, l'autre sur la couverture. L'attitude d'abandon, les cheveux en bataille... Au premier coup d'œil, j'ai cru l'image posée, composée à la façon de ces toiles symbolistes où des jeunes filles somnolent. Mais non. Jacques entre dans la pièce, voit sa femme qui sommeille, trop belle, trop touchante. Il file chercher son Kodak à soufflet, cadre vite vite, déclenche, et là elle soulève une paupière : « Mais qu'est-ce que tu fais ? Tu m'as réveillée... » Le chat a suivi Jacques, il saute sur le lit, s'installe sur le ventre de Claire en vrai chat, elle le pousse, s'assoit, râle un peu, attrape l'animal : « Allez, viens là toi... » Ce n'est pas dit avec beaucoup d'enthousiasme. Jacques approche la table roulante du petit déjeuner, la trouve comique avec son air de mère Michel mal réveillée qui a trouvé son chat. Clic clac, encore une photo. « Ah non, tu exagères, de quoi j'ai l'air ? » En même temps, elle rit. Claire s'empare de ce gros patapouf de chat qui fait la gueule, le serre contre elle, baisse le menton, esquisse un sourire et lance un regard charmeur au photographe.

S'il n'y avait pas ce dernier cliché où l'amour de Claire se voit dans son regard et celui de Jacques dans sa façon de le photographier, j'aurais pu raconter l'histoire autrement. J'aurais d'abord remarqué que Claire est couchée dans un lit à une place. Il est collé contre un mur, on ne peut pas se tromper. En scrutant bien, j'aurais aperçu les clous de tapissier, comme on en met sur des banquettes mais pas sur des sommiers. Les draps, la couverture semblent avoir été mis pour un invité, pour dépanner. Ainsi, une autre scène apparaît. Des reproches, des échanges aigres, des cris peut-être, et une épouse terminant sa nuit dans le salon.

Quand même, souvent, Claire dort seule.

Dans leur gigantesque appartement de la rue Fouad Ier, Jacques s'est installé une pièce que tout le monde appelle son *den*, sa tanière. C'est son repaire. Ses livres, ses photos, les objets qu'il a rapportés de ses voyages. Jacques aime l'Égypte à sa façon d'érudit appliqué. Il apprend l'arabe classique, s'étonne que les domestiques ne le comprennent pas. Il photographie les monuments antiques, les mosquées, la fontaine de la mosquée, la citadelle, le marché aux parfums. Il couvre même la visite du roi Fouad à Alexandrie : clichés de l'armée égyptienne, de la musique militaire, des Européens en marche vers le siège du gouvernorat, tout est dans son album. Claire tourne les pages. « Tu ne trouves pas que ça manque un peu de personnages ? » « Si l'on compare avec les albums que vous faites ta mère et toi, c'est sûr. » Claire poursuit son défilé des images. Beaucoup de bateaux, des gros à deux cheminées, le SS *Helinar Lloyd's*, le *Lotus*. D'élégants voiliers aussi. Dis-moi, ce n'est pas le cutter de Gaudaire, là ? Si. « C'est quand même drôle, le directeur des Messageries maritimes qui joue au capitaine sur ce petit truc... » Jacques lève les yeux au ciel. « Ce n'est pas un petit truc, c'est un mât gréé en voile aurique à plusieurs focs, un très joli voilier, rapide, élégant... » Claire éclate de rire. « Évidemment, ce n'est pas comme ton canot ! » Le canot de Jacques, sorte de canoë amélioré avec une minuscule voile triangulaire à l'avant, a moins d'allure que les goélettes qu'il repère au large d'Alexandrie. Mais l'embarcation lui donne le plaisir de tirer des bords, quoique pas avec grand monde. C'est plutôt un esquif monoplace. Photographié dans cette coquille de noix, panama sur la tête, Jacques rame au vrai sens du terme.

Et peut-être préfère-t-il être seul.

Leurs vies, m'affirme ma cousine qui les a connus quand elle était enfant, se déroulaient en parallèle. Claire a tout le temps des activités, des sorties, des choses à faire, elle n'arrête pas. Jacques est un janséniste, dans son monde à lui. Et pourquoi pas ? Après ses journées de travail de secrétaire général de la Land Bank of Egypt, il a bien le droit d'être un peu tranquille, lui qui est l'un des rares de ce monde-là à ne pas vivre de ses rentes. Il n'empêche, Claire aurait envie que son mari partage ces sorties, ces amusements, ces situations où des jeunes gens font les guignols, où tout le monde rit de bon cœur. Il le faisait au début de leur mariage. J'ai vu des dizaines de photos où Jacques est présent, avec le sourire empesé que donnent un visage allongé et des yeux trop ronds mais l'air content. Pourtant, arrive un moment où il ne figure plus sur l'image. En 1928, Claire a déjà deux enfants, Claude et Dan, mon père. Je la vois sur la plage en maillot, une silhouette de rêve (deux grossesses en deux ans !) prenant la pose avec les bons amis de sa bande mais sans Jacques. Est-il derrière l'appareil ou absent ? Successivement les deux, sans doute.

Au fil du temps, Jacques a pris le pli de se réfugier dans son *den*. Claire remonte le long couloir de leur appartement géant. Derrière la porte du fond, on entend le violoncelle, qui bute obstinément sur le même moment de l'allemande de la première suite de Bach, avec un crissement d'archet assez désagréable. Et un juron. Toc toc. « Oui, quoi, qu'est-ce que c'est ? » Claire entrebâille la porte, passe la tête : « C'est moi, mon chéri, je vois que je te dérange… » « Non, non, pas du tout, excuse-moi, j'ai du mal avec cette sixième mesure, je n'arrive pas à comprendre pourquoi, ça me rend fou. » « Ne t'excuse pas, c'est très agaçant, en effet. » Elle entre dans la pièce, se glisse derrière Jacques, lui caresse l'épaule. « Je venais te proposer d'aller à la plage avec nous, cela pourrait te changer les idées. » « Vous allez où ? » « À Sidi Birch. » Jacques soupire. « Toujours pareil, vous n'aimez que cette plage-là… » « Et toi, tu n'aimes que le Sporting, mon amour ! » Claire sait que les mondanités de Sidi Birch numéro 2 – plage plus chic que ses voisines numéro 1 et 3 – exaspèrent Jacques. Les cabines que les familles possèdent depuis des générations, où elles se pavanent, où règnent les commérages quand ce ne sont pas les infidélités, tout ce folklore le fatigue… Claire anticipe qu'il va lui demander avec qui elle y va. « Avec qui y vas-tu ? » « Avec mon cousin Raymond, et les trois De Jeaner, Marguerite, Marianne et Nora. » « Ces trois idiotes ? » Claire joue l'offusquée. « Jacques, s'il te plaît, n'exagère pas. Elles ne savent peut-être pas comme toi réciter les trente-trois dynasties des pharaons dans l'ordre mais je les trouve très sympathiques. » Dans ces moments-là, Jacques met fin au débat avec une formule magique de son point de vue : « C'est bon, partez devant, je vous rejoins. » Parfois, il les rejoint.

Mais pas toujours. De moins en moins, même. Que s'est-il produit ? Dans mon enfance, j'entendais dire que Claire et Jacques, à un moment donné, ne s'étaient plus aimés. Ils ont trois enfants, avec Éric né en 1929, mais comment, quand et pourquoi ils n'ont plus de plaisir à être ensemble, mystère. Ils habitent toujours sous le même toit et pourtant les deux vies dérivent lentement chacune de son côté, sans tapage, sans aucun de ces éclats qui donnent prise à une franche discussion. Le récit familial s'arrêtait là avec une seule anecdote notable : au bout de quelques années de ce régime, la psychorigide Polly aurait fait couper le lit de Claire et Jacques en deux par un menuisier. Sur cette base informative ténue, j'imaginais un Jacques calfeutré quelque part dans ce vaste appartement, un personnage un peu éteint, pas très drôle, ruminant dans l'ombre tandis que Claire rayonnait dans la fête, le bonheur des promenades sur la Corniche, des excursions à Mariout, des thés chez Baudrot, des sorties à la plage d'Agami encore sauvage, les yeux plissés dans le soleil, allongée sur le sable, lovée sur le pont d'un voilier. Dans ces années 1930, Claire est d'abord une sensualité.

Les cancans qui se racontent dans la famille à son sujet confortent cette impression. Fritz Katz, précise mon oncle, n'était pas l'amant de maman. Certes, elle avait mis beaucoup de soin à décorer l'appartement du chirurgien-chef de l'hôpital Menasce au-dessus de la pâtisserie Baudrot, ce réfugié juif allemand accueilli et protégé par les Menasce. Mais rien de plus. Pour d'autres, en revanche... Basil Rees, administrateur du Comptoir cotonnier d'Égypte ? Un probable amant de maman, dit mon oncle. Le général Catroux, haut-commissaire Syrie-Liban et premier rallié au Général ? Un amant de maman. Enfin, c'est ce qu'on disait. Toutes ces revues, ces spectacles, ces escapades dans le désert, ces amusements à la plage... Le nombre d'images où Claire pose seule au milieu d'un bouquet de messieurs est assez conséquent. Claire me fait penser à Rosette. Elles ont partagé la même transgression, ont cru à l'amour inoxydable qui tiendrait envers et contre toutes les oppositions. Les deux se sont trompées. Est-ce pour cela qu'elles sont si liées ? Quand Claire est née en 1901 à Paris, de ce couple qui n'avait aucun horizon stable, vivant au jour le jour, Rosette avait-elle le sentiment encore une fois, comme pour Paul, de ne pouvoir offrir à cette enfant qu'un avenir d'incertitude ? Peut-être.

Mais elle n'avait pas l'ombre d'un doute sur l'amour qu'elle lui portait, ce cadeau de départ qui solidifie une vie. Dans ces années 1930, tandis que Rosette a tant de peine avec Félix, Claire paie sa mère en retour d'autant de soutien : « Ne t'en fais pas, ma p'tite… » C'est une complicité de la vie quotidienne, pour les modestes enjeux – « J'ai vu cette robe en taffetas mauve, crois-tu que je puisse encore à mon âge ? » – et pour les grands – « Je m'inquiète pour Denise. Ta sœur a vingt-cinq ans, elle n'a toujours pas de fiancé, il y a pourtant des garçons corrects, non ? » Dans toutes les situations, Claire est d'un précieux secours. Elle valide le mauve et dresse une liste de cinq prétendants possibles pour sa benjamine. La photo du mariage de Denise est restée célèbre dans la famille. Le marié est encadré par Claire et Rosette, la mariée cramponnée à Polly. L'union se terminera par un divorce.

Un jour de 1932, la sonnerie du téléphone retentit dans l'appartement de la rue Fouad Ier. C'est Rosette. « Claire, ma chérie je t'en supplie, viens vite, il est arrivé quelque chose à ton père… »

10

L'accident

Claire tombe comme une masse sur son lit, sort un mouchoir de son sac, essuie les larmes qui coulent sur ses joues. Elle a franchi la porte de leur appartement en coup de vent, s'est précipitée dans sa chambre et là, une fois assise, les pleurs. Plus de vingt-quatre heures qu'elle les retient, depuis qu'elle est arrivée en courant rue Rassafa, qu'elle a vu Félix porté par deux domestiques tentant de l'allonger sur un canapé, et surtout Rosette, prostrée dans un coin, incapable de bouger. « Tu as appelé le médecin ? Il faut desserrer son col, lui donner de l'air ! Vite, apportez des linges, de l'eau froide… Là, papa, tu sens la compresse sur ton front ? Papa, réponds-moi, s'il te plaît, réponds-moi… » Félix grogne un peu, il respire. « Là, là, ça va aller… Quelqu'un a appelé le médecin ? » « Je crois que Georges l'a fait », souffle Rosette. « Comment ça, tu crois ? Tu ne peux pas t'en assurer ? Où est Georges ? Georges, tu es là ? » Georges est là, paniqué comme sa belle-mère mais plus efficace. Claire le regarde. « Que s'est-il passé ? » « Je ne sais pas, ta mère est entrée dans le bureau, Félix était par terre, elle a crié alors je suis arrivé et je lui ai dit de t'appeler. Le médecin est en route. » « Papa, surtout, ne t'endors pas, reste avec moi, là, oui, c'est bien, c'est moi, Claire… » Félix entrouvre les yeux, le regard dans le vague. Il vient d'avoir une attaque, comme on disait alors. Nous parlerions d'accident vasculaire cérébral.

Le soir est tombé. Félix est allongé dans son lit, Claire dans le fauteuil de la chambre, elle l'entend respirer, elle s'accroche à ce souffle : « Il n'est pas mort, tout va bien. » Les mots se confondent avec ce souffle qu'elle perçoit dans un demi-sommeil maintenant, dans un mauvais rêve de fatigue : « Je vais me réveiller, rien n'est arrivé, c'est un cauchemar… » Une caresse sur sa joue, le visage de son mari. « Je suis venu te chercher. » Le retour semble affreusement long, l'ascenseur, le couloir et, enfin, s'écrouler là, au bord du lit, et laisser le chagrin advenir.

Tout à coup, un léger bruit, un chuchotement. Claire se retourne et voit une toute petite chaussure qui dépasse derrière le canapé de la chambre. Elle s'approche. Les chuchotements se poursuivent. « Non, non, non, mademoiselle ma poupée, vous n'êtes pas du tout gentille, votre maman va vous gronder, vous n'avez pas du tout la permission d'être dans sa chambre... » Claire penche la tête au-dessus du canapé, voit Claude assise par terre au milieu de tout un désordre d'habits minuscules et éclate de rire. Claude saute sur ses pieds, ouvre de grands yeux, évalue la situation comme on peut le faire à six ans : « Est-ce que je pleure ? Ah non, maman rit, alors on peut rire. »

Sur l'accident de Félix, une légende court dans la famille. Rosette avait un amant, Élie Adès. Un jour, Félix les surprend. La stupeur le saisit, le vaisseau pète dans la cervelle, pof, par terre. On peut imaginer la scène en version plus théâtrale. Rosette et Élie sont dans le lit conjugal nus comme des vers. Félix ouvre brutalement la porte en criant : « J'en étais sûr ! » À ce moment-là, sa voix s'étouffe dans sa gorge, il chancelle, s'accroche au chambranle et s'écroule. Rosette se précipite empaquetée dans le drap en hurlant de douleur : « Mon Dieu, mon Dieu, qu'ai-je fait ? » tandis qu'Élie se glisse à quatre pattes vers ses vêtements, la main droite attrapant sa liquette, la gauche cachant au mieux ses parties. Quand mes cousins me racontent cette histoire, ils sont à peu près dans ce ton-là. « Mais je te jure, il est entré, il les a vus et il a eu l'attaque. » « Vraiment ? » J'interroge mon oncle. « N'importe quoi... Félix fumait, buvait, il a eu une attaque parce qu'il faisait des excès. » Mon père, Dan, est mort de la même manière, sauf que dans son cas on savait qu'il avait de l'hypertension, ce que l'on ignorait peut-être pour Félix.

Chaque jour, Claire passe prendre des nouvelles de son père et voir sa mère. Certains matins, Rosette est la solide personne qui veut y croire, elle a entendu Félix reparler, il ne prononce pas encore très bien mais ça vient, j'ai bon espoir. D'autres, elle est accablée, il ne peut pas bouger les jambes, il ne remarchera pas, c'est affreux... Claire, pragmatique comme toujours, s'accroche aux choses à faire, aux améliorations de l'immédiat, à tout ce qui empêche de sombrer dans les idées noires, trace la feuille de route. Elle détaille : Georges a discuté avec le médecin, il veut commander un fauteuil roulant, non ce n'est pas horrible, c'est une très bonne idée, papa pourra sortir au jardin, cela lui fera beaucoup de bien, il y a un ascenseur dans la maison, ça aussi c'était une bonne idée... En revanche, la fille ne dit pas à sa mère que Georges a également discuté avec le banquier.

Claire et lui sont maintenant dans le bureau de Félix, au milieu des dossiers éparpillés avec des feuilles qui débordent. Georges est un costaud aux épaules tombantes, le visage un peu rond, la moustache, bien sûr, un air de Félix en plus grand. Assise d'une demi-fesse sur l'accoudoir d'un fauteuil, Claire fume en attendant qu'il veuille bien expliquer la nature de cette entrevue. Lui va et vient, le regard vers ses chaussures. Puis il s'arrête, la fixe et se lance. « Voilà, ce que j'ai à te dire n'est pas très facile. » « Je t'écoute. » « Tu sais que les affaires sont un peu difficiles en ce moment, il y a cette crise depuis trois ans en Amérique, ça a mis du temps à nous atteindre, enfin à atteindre l'Europe, mais l'Europe et nous, c'est un peu pareil, n'est-ce pas ? » Claire fait un rond de fumée. « Oui nous venons un peu d'Europe et donc ? » « Donc, la Bourse, le coton... J'ai regardé dans les papiers de papa et, comment expliquer, cela va peut-être te paraître déplacé dans ces circonstances, mais voilà, il y a un bon côté à ce que Félix ne puisse plus dépenser son argent. C'est terrible de penser une chose pareille mais cet accident tombe au moment opportun. »

Opportun. Le mot fait bondir Claire sur ses pieds. « Comment ça, opportun ? Il y a un moment opportun pour faire une attaque ? Tu entends ce que tu dis ? » Georges entend. Il sait que son père est la générosité même, qu'il a aidé quantité de gens et pas souvent récupéré ses créances. Il ne se serait d'ailleurs jamais abaissé à les réclamer. Georges a déjà accompagné Félix au casino lors des voyages l'été à Monte-Carlo, en Suisse ou ailleurs et il a vu la hauteur des piles de plaques jouées sur le tapis vert. Mais surtout, il lit les journaux, voit les désastres financiers aux États-Unis, les faillites en Angleterre, en France, les usines qui ferment, les commerçants qui mettent la clé sous la porte. Georges a bien conscience qu'une partie de la fortune familiale n'est que le papier des actions. Claire prend une chaise, la tire devant le bureau de son père, regarde des feuilles de chiffres et finit par en convenir. « Oui, c'est affreux à dire mais tu as sans doute raison… » Un silence. Georges se demande s'il n'est pas allé trop loin dans l'inquiétant. Il rebondit sur la phrase de Claire : « Non, rien n'est affreux. Rosette et papa habitent ici chez eux, je m'occupe déjà de beaucoup de choses dans cette maison, je continuerai, c’est tout. » Georges n’est pas un psychologue très affûté, toutefois sa sensibilité lui suffit pour comprendre que sa sœur a pris un coup sur la tête. Elle veut rentrer chez elle, il propose de la raccompagner en voiture, elle préfère marcher. « Ce n’est pas si loin et ça me fera du bien. »

Au début, c’est vrai, le trajet a un effet salutaire. Entre les rues Rassafa et Fouad Ier, il y a quoi ? Un quart d’heure à pied peut-être… Elle songe aux explications de Georges. « Il n’a pas tort sur les comptes, la crise économique va bien finir par nous atteindre, c’est peut-être déjà le cas. Quand même, si c’était si grave, Jacques ne m’en aurait-t-il pas parlé ? Certes, Jacques ne me parle pas beaucoup. Mais il est banquier, il doit savoir. » Claire remonte un bout de la rue Menasce. « Du papier, des actions mais pas que ça quand même, nous ne sommes pas que ça… Sur l’état du reste du monde, oui, d’accord, Georges a raison de se faire du souci. Fritz nous a raconté ce qu’il a vu en Allemagne, les croix gammées sur les boutiques juives, tout cet antisémitisme affreux qui monte partout. Des réfugiés arrivent tous les jours à Alexandrie, Fritz est bien placé pour le savoir, il en reçoit tellement à l’hôpital. Les pauvres gens. De quoi nous plaignons-nous ? »

Claire presse le pas, sent le vent de terre se lever, met la main sur son chapeau qui menace de s'envoler, passe un tunnel sous la voie ferrée, accélère. Elle espérait que marcher la calmerait mais pas tellement, les idées sombres s'obstinent, collent, se mélangent. Elle se vivait comme une personne réaliste, positive, d'humeur égale et agréable, elle a l'impression que brusquement, plus aucune de ces ressources n'est là. Elles s'enfuient, glissent à la façon de l'eau entre les doigts et c'est comme si les propos de Georges avaient décapé une surface protectrice et mis au jour non pas une inquiétude ou la fin d'une insouciance, mais bel et bien une souffrance. Il faut se l'avouer, voir son père dégradé à ce point met Claire mal à l'aise, la gêne, et cette gêne lui fait honte. Elle songe à sa mère. Que peut ressentir Rosette face à ce mari diminué, celui qui a provoqué chez elle tant de reproches et de plaintes ? Elle doit se sentir bien coupable maintenant. Claire est fondamentalement une bonne fille. Elle ne veut pas prêter à sa mère ces mauvaises pensées qui amènent à se demander, face à celui qui s'est ruiné la santé et a fichu en l'air la vie de ses proches, pourquoi il leur a fait ça. Mais finalement, si. On peut se le demander. Pourquoi ?

Un cri. Un gamin tirant une charrette chargée de fruits vient de freiner sur les talons pour éviter Claire. Perdue dans ses pensées, elle ne l'a pas vu. Des pastèques roulent au sol, un attroupement se forme, le môme pleure en levant les mains au ciel parce que son patron va lui passer un savon, des femmes glapissent, Claire s'excuse en arabe, fouille dans son sac pour trouver un billet quand, miraculeusement, le silence se fait. La foule s'écarte, un imposant personnage s'avance ventre en avant, vêtu à l'occidentale, tarbouche sur la tête. Il engueule tout le monde en arabe, le minot de la charrette surtout, puis s'adresse à Claire et se confond en excuses dans un anglais parfait. Là, j'ai deux options. Soit ma grand-mère baigne dans une telle ambiance coloniale qu'elle pense que ce gamin n'avait qu'à prendre garde et bien fait pour lui s'il se fait enguirlander. Soit elle sait déjà, comme bien des esprits éclairés du moment, que l'Égypte sera finalement aux Égyptiens et que ce genre de scène accélérera la sortie des colonisateurs. Je choisis la seconde.

Claire reprend sa marche, bien embêtée pour ce pauvre marchand de pastèques. Elle pense à Goha le simple, dont on se moque depuis toujours, dont les histoires font rire tout le monde, un petit bonhomme comme celui-là, comme il y en a tant dans les rues d'Alexandrie, qui se faufilent, se glissent dans les interstices, dans les débrouilles. « Nous ne sommes pas les plus malheureux sur cette Terre, se dit-elle, même avec ce qui vient d'arriver à mon père, à ma famille. » Elle repense à ce que Fritz Katz lui a décrit de son départ précipité. À son arrivée à Alexandrie, il avait deux valises et basta. « Et sa mère à lui, où est sa mère ? Quand j'y songe, je ne lui ai jamais demandé, maintenant je m'en veux… Ces nazis deviennent fous, des fous dangereux ; les Allemands de là-bas tournent tous comme ça. Ceux d'ici… Qui les connaît, les Allemands d'Alexandrie ? Pas nous, pas nos amis, c'est sûr. J'ai bien lu quelque part qu'un des hommes de main de cet horrible Hitler était d'ici. Il s'appelle comment déjà, Hemst, Herst ? Quelque chose de ce genre… »

Claire entre dans l'immeuble, passe devant le bawab qui somnole comme d'habitude, prend l'ascenseur, sonne, salue le domestique qui ouvre la porte, lui tend son chapeau et son manteau. La horde des trois mômes arrive en courant, lui saute au cou et, un instant, Claire oublie tout.

Rudolf Hess, ça lui reviendra plus tard.

11

Fille aimée

« *Humpty Dumpty sat on a wall…* » Sur l'image, un gros œuf avec deux points pour les yeux et un trait pour la bouche tient en équilibre sur un mur. « Mais comment il tient ? Comment ça peut tenir sur un mur, un œuf ? » Claude est assise sur les genoux de sa mère, elle a quatre ans. « Je ne sais pas, ma chérie, il tient, c'est un œuf de conte, il sait tenir sur les murs, je continue. *Humpty Dumpty had a great fall…* » Sur l'image, l'œuf est tombé en bas du mur, en morceaux, la bouche en « o » de stupeur. « Tu vois, j'avais dit qu'un œuf ça tenait pas sur un mur, maintenant il est tout cassé, le pauvre. » C'est dit très sérieusement, tellement même que Claire étouffe un rire. Attends la suite, je lis. « *And all the king's horses and all the king's men couldn't put Humpty together again...* » « C'est qui, là ? » « Les chevaux du roi. » « Et là ? » « Ses soldats. » « Et ils peuvent pas réparer Humpty ? » Claude n'attend pas la réponse de sa mère, réfléchit tout haut : « Ben non, un cheval, ça sait pas réparer un œuf. » « C'est triste quand même, le pauvre Humpty. Il aurait pas dû monter sur le mur... » À chaque histoire, c'est pareil. Claude interrompt la lecture, questionne, conteste la fin, a sa petite idée sur les personnages. Et puis, soudain, elle pense à autre chose, saute des genoux de Claire et part en chantonnant « *Humpty Dumpty sat on a wall* »...

Quelle beauté, cette Claude, dès ses premières photos... Elle a trois ou quatre ans, fait l'un de ces coquins sourires d'enfant habituée à être regardée, la tête de côté, l'œil charmeur. Elle a un baigneur dans les bras, un chapeau de paille sur la tête. Claude a sept ans ; son frère cadet, Dan, cinq ans ; le benjamin, Éric, deux ans et demi. Les enfants ont été emmenés chez le photographe, au Studio Alban. Dan, mon père, porte un costume de marin. Sur le site consacré à Aram Alban, photographe arménien installé à Alexandrie et spécialisé dans les portraits des membres de la bonne société, je trouve une image du petit prince Baudoin de Belgique dans la même tenue que mon père. Éric, bébé joufflu à bouclettes, serre deux nounours. Et Claude… Au fond, la jolie robe en organdi, la pose d'enfant sage, la lumière dans les cheveux, je m'en moque. Je me rapproche de ce visage de sept ans, de ces yeux clairs, de ce regard et il me semble replonger dans celui de Rosette, si jeune, si belle. Ces yeux bleus limpides, je sais que je les reconnaîtrai encore dans d'autres images de Claude, plus tard. Et dans mon souvenir, ils sont ceux de ma sœur Laurence. Ils me bouleversent.

Claude fait sa rentrée en sixième au Lycée français. Elle en mourait d'envie. Elle est comme sa mère au même âge, lit tout ce qui lui tombe sous la main, trouve le précepteur particulièrement barbant et n'a qu'une hâte : avoir des professeurs, des amies et sa vie à elle. Son frère râle. « Pourquoi pas moi, pourquoi j'y vais pas au lycée, moi ? » « Parce ce que tu es trop petit, mon ami. »

Claude adore le lycée, elle aime apprendre, figurer au tableau d'honneur. Elle écrit des petites histoires, collectionne les bonnes notes, récite les déclinaisons latines devant son père ravi. Papa et maman sont dans le salon, Claude ouvre son livre de poésie, le donne à sa mère et se lance. « *Il est nuit. La cabane est pauvre mais bien close. / Le logis est plein d'ombre et l'on sent quelque chose / qui rayonne à travers ce crépuscule obscur. / Des filets de pêcheur...* » La panne. Claire souffle : « *Sont... sont accr...* Ah oui !... *sont accrochés au mur.* » Voilà, le professeur a dit qu'on devait apprendre jusque-là. Claire à Jacques : « J'espère bien qu'il ne leur en donne pas plus à onze ans. *Les Pauvres Gens*, c'est un très long poème, quand même. » Jacques, le nez dans son journal : « Dix strophes, et plutôt riches... » Claude sait qu'on n'interrompt pas les adultes mais elle veut dire que le professeur leur a lu la fin, ce pauvre pêcheur qui n'attrape pas de poisson, alors c'est triste mais ça finit bien parce que les marins ont bon cœur. Jacques aurait préféré que le maître insistât davantage sur la morale de l'œuvre mais au fond il n'est pas mécontent. Pour la première fois dans cette famille, des parents sont heureux qu'une fille réussisse à l'école.

*

En ce printemps 1936, Jacques doit partir pour la tournée habituelle des Alexandrins dans leurs pénates européens. Cette année, Claire ne l'accompagne pas. Elle n'a aucune envie de se farcir la mine renfrognée de la générale Vincendon qui apprécie peu les ronds de jambe de son mari devant sa bru. De plus, comme Félix ne peut pas supporter de grands voyages, Rosette les a supprimés de son programme en soupirant mais, bon fond oblige, elle ne laisse pas tomber son époux. Elle ne va pas l'abandonner maintenant. Depuis son accident, Félix ne marche plus, parle d'une voix pâteuse avec une élocution heurtée. Il semble chercher ses mots, s'énerve parfois de ne pas les trouver et on doit le prendre avec des pincettes. À d'autres instants, en revanche, il est ailleurs, dans son monde, avec un bout de sourire et les yeux qui s'allument quand ses petits-enfants viennent le voir. Eux sont impressionnés, ils préféreraient aller jouer mais ils n'ont pas le choix : « Dis bonjour à ton grand-père, il va te donner un bonbon. » Rosette ne quitte pas Félix, Claire ne quitte pas Rosette. « Jacques, mon chéri, tu n'oublieras pas de passer voir maman pour lui faire tes adieux avant ton départ. »

Jacques est un garçon bien élevé, il n'imagine même pas s'épargner cette obligation. D'autant moins qu'il a prévu de passer par la Belgique et d'aller voir Jean au Saulchoir dominicain de Kain, son couvent. Jean ne vit pas en reclus, loin de là. Il étudie, il publie, il prononce des conférences, se déplace un peu partout, entretient une correspondance nourrie avec les intellectuels de son temps. Il écrit également à sa mère, laquelle lui répond aussi immédiatement que le courrier de l'époque le permet. Le fils donne également des nouvelles à son père, au cas où. Jean de Menasce est mort en 1973. Aux archives des Dominicains, son courrier occupe quelques dizaines de mètres d'étagères. Les lettres de ses parents tiennent dans une enveloppe. Jean n'en a gardé que deux de Rosette et une de Félix, rédigée avant l'accident vasculaire cérébral du père et pas longtemps après la conversion du fils. Le ton l'indique. « Dans l'épreuve que j'endure, ma détresse n'a point entamé ma tendresse pour toi, écrit Félix. Si ma peine est grande, c'est de te voir déserter cette vie que Dieu a créée pour qu'elle soit vécue, qu'Il a faite belle pour ceux qui savent mettre en harmonie leur cœur et leur conscience. Certes elle est pénible à traverser mais nous n'avons pas à nous insurger contre les desseins du Créateur mais plutôt voir dans nos souffrances des sujets à méditation, des occasions à charité, pardon. Vivre, travailler pour sentir, aimer ou aider son prochain, c'est sentir Dieu. Tout le reste n'est que vanité, mensonge. » Une vie pénible à traverser, des souffrances ?

Pour Jean de Menasce, enfant gâté d'Alexandrie ? À la lecture de ces lignes, deux choses : la première, Félix a compris pour l'homosexualité de Jean ; la seconde, il pense que ça se surmonte en prenant sur soi. La modernité de Félix, qui a eu deux enfants hors mariage, s'arrête à sa propre personne. Quant à « vanité et mensonge », mettons-les sur le compte de la colère.

Jacques entre dans le salon d'hiver de la maison de la rue Rassafa. Rosette referme *La Dame de l'Ouest*, dernier ouvrage de Pierre Benoit, frénétique auteur de romans qui les lui envoie avec constance depuis qu'il a été invité au mariage de Claire et Jacques. Le faire-part figure dans l'inventaire de ses archives à la Bibliothèque nationale de France. « Encore un ? » s'exclame Jacques. « Benoit est prolifique, il remplit mes étagères et mes soirées », soupire Rosette. Elle vient d'avoir soixante ans, sa silhouette s'est un peu épaissie. Toutefois, elle sait choisir la jupe trapèze en lainage sec et léger à même de masquer les rondeurs, le twin-set un peu large et le long sautoir de perles chargé d'allonger l'ensemble par les vertus de l'optique. Son parfum flotte dans la pièce, ce premier cadeau de Félix à sa chérie dans la si jolie boutique des Champs-Élysées, la petite bouteille ravissante, la goutte derrière les oreilles, tout ce rituel qu'elle découvrait alors. Même ce glaçon de Jacques est touché.

Félix est assis dans sa chaise roulante, en costume trois-pièces de lin clair, cravate sombre et pochette blanche comme toujours, une couverture sur les genoux. Rosette et Jacques échangent des banalités, il décrit son programme de voyage, parle de tel ou tel à qui il compte rendre visite : « Et tu lui transmettras mon bon souvenir, et cela fait des années que nous ne nous sommes pas vus. » Et ainsi de suite… Félix marmotte, sa tête dodeline. Debout contre un mur, le serviteur remplit les verres de citronnade, repart dans son coin. Le quart d'heure de conversation polie est passé, le gendre se lève, s'incline vers sa belle-mère quand il entend derrière lui : « Jaacques… » C'est Félix. Il a redressé la tête, agite un peu le bras, souffle : « Viens, viens me voir… » La main fait signe : « Oui, oui, là, assieds-toi… » Jacques tire un repose-pied, plie sa grande carcasse. Félix reprend haleine. « Dis-moi, tu vas voir Jean… Dis-lui, dis-lui… » Rosette s'est redressée, elle écarquille les yeux, regarde Jacques, puis Félix, puis Jacques. Félix n'a pas dit un mot sur Jean depuis des années, en tout cas pas à Rosette, il en a fait le sujet interdit, le tabou, et là, tout de suite, c'est à Jacques qu'il veut en parler ? Elle bout, sent monter l'une de ces révoltes comme elle en avait jeune femme face à l'injustice de ces hommes qui vous en font baver, de celui-là surtout, si intransigeant sur leur fils. Et le jour où peut-être, enfin, il fléchit, c'est pour s'adresser à son gendre et pas à elle, sa femme, la mère de ses enfants… Rosette se lève, lâche un : « Quoi ? » Jacques la fixe. Son regard bleu transparent, son calme contrôlé l'arrêtent net. Il se retourne vers Félix. « Que souhaitez-vous que je dise à Jean ? » Le vieux tend un peu le buste, ouvre sa bouche aussi grand que possible. Articuler lui coûte. « Dis-lui… que je lui pardonne… » L'effort l'épuise, il se ratatine dans son fauteuil le souffle court. « Rien ne pourrait me faire davantage plaisir ! » répond Jacques dans une tentative de légèreté.

Les quelques minutes que le gendre prend pour saluer et partir insupportent Rosette. À peine a-t-il tourné les talons, elle se précipite dans sa chambre, saisit un carnet, arrache quelques pages. « Mon cher enfant, je ne peux pas tarder plus longtemps pour t'apprendre une nouvelle imprévue qui te fera je l'espère autant plaisir qu'à moi… Jacques qui doit partir mardi est venu dire adieu à ton père… Le matin même, je lui avais remis ta lettre… Il n'avait rien dit… et comme d'habitude, je ne demandais rien. Or, au moment où Jacques allait partir, il lui dit : “Je pense que tu verras Jean... Dis-lui bien qu'il m'est difficile de lui répondre mais dis-lui bien que je lui pardonne !!!”... » Après quoi, elle note : « Je puis bien dire qu'il y a bientôt quatorze ans que cet homme ne m'a donné aucune satisfaction. C'est la première... et je n'y comptais plus... »

J'ai retrouvé la lettre dans l'enveloppe où Jean l'avait fourrée il y a près d'un siècle.

12

La guerre

13 mars 1938. La voix de CBS World News résonne dans le salon. « *Right at this moment, Austria is no longer a nation, it is now officially a part of the German empire. The Nazis are at all their might to bring Austria under complete nazi domination. Chancellor Schuschnigg flew to Hungary, Jews, catholics and former government and officials have been jailed…* » Claire et Jacques se regardent, stupéfaits. Deux jours qu'ils écoutent les nouvelles, qu'ils entendent que Hitler a massé des troupes à la frontière autrichienne mais une annexion, un pays rayé de la carte, Claire refusait de croire que c'était possible. C'est fait. L'Autriche est annexée au Reich.

Ils sont là, dans leur cocon alexandrin, sonnés comme si tout s'était passé à leur porte. « Les juifs, Jacques, rends-toi compte, ils ont emprisonné les juifs... » Fils et petit-fils de généraux, Jacques a grandi dans la détestation de l'Allemagne. Il hoche la tête de l'air de quelqu'un qui en a vu d'autres. « C'est ça, les Boches, finit-il par dire. Nous les Français avons payé pour le savoir. » Ce fatalisme accable Claire, elle cherche un argument, une raison de ne pas croire au pire. L'Angleterre et la France ne vont pas laisser faire, quand même ? « Il va bien y avoir une réaction, des discussions, je ne sais pas, et puis même s'il faut faire la guerre, il n'est pas invincible, cet Hitler... » « Non, non », répond Jacques. Il marque un temps. « Sauf que... » « Sauf que quoi ? » « Oh rien, des histoires d'armées, d'équipement, tu ne peux pas comprendre. » Le mot de trop. « Comment ça, je ne peux pas comprendre ? Je suis trop demeurée, sans doute ? Ah non, suis-je bête, je suis une femme, les affaires de la guerre me passent au-dessus de la tête, d'ailleurs j'ai des confitures à faire. » Sur ces entrefaites, elle s'assoit, bras croisés et mine butée. Jacques lève les yeux au ciel. « Puisque tu veux que je te dise, je pense juste que l'armée française n'est pas prête. J'ai lu un livre très intéressant à ce sujet, *Vers l'armée de métier*, écrit par un certain colonel de Gaulle. Il explique le retard pris sur les blindés, il est assez critique sur la stratégie de notre état-major, rien de très rassurant mais courageux pour un haut gradé. » Claire accuse le coup. Les militaires ont des doutes. Même eux. « Alors, si l'Angleterre et la France entrent en guerre, elles perdront ? » « Ce n'est pas certain », répond-il. Jacques n'est pas le plus doué des hommes pour le baratin qui rassure.

L'Autriche. Ces Menasce sont des barons austro-hongrois. Après l'octroi du titre par l'empereur en 1876, une partie de la famille a choisi de rester à Vienne. Le cousin germain de Félix, Henri de Menasce, s'est enraciné sur place, devenant l'une des figures de la noblesse locale. En 1905, son fils Jacques naît à Bad Ischl, station balnéaire chic et résidence d'été de François-Joseph. Pianiste et compositeur, Jacques va avoir une carrière artistique honorable. Sa biographie évoque un Autrichien devenu américain. Quand ? Dans quelles circonstances ? En 1938, les membres de cette branche Menasce sont sans doute partis depuis longtemps, au moins vers la Grande-Bretagne. Pas un Menasce ne figure dans les registres des morts de la Shoah. Quant à l'origine austro-hongroise des ancêtres, elle était présentée dans le récit familial comme une affaire de hasard. Je n'ai appris que très récemment que Claire parlait allemand. L'historienne Anaël Levy relate qu'un autre cousin de Félix, vivant à Alexandrie, organisait chaque année un bal viennois le jour de l'anniversaire de l'empereur. Après le démembrement de l'Empire en 1918, Félix de Menasce s'est retrouvé avec la nationalité hongroise. En 1938, six ans après son accident vasculaire, qu'entend-il à l'annexion de l'Autriche ? Il survit dans la maison de la rue Rassafa.

Quand un monde se délite, on ne s'en rend pas toujours compte. Deux mois avant l'Anschluss, dans les bonnes familles d'Alexandrie, on ne se préoccupe que du bal Finney, point d'orgue du carnaval. Claire adore dessiner des costumes, d'ailleurs elle passe son temps à en crayonner. Cette année, thème espagnol, Claire en danseuse de flamenco, Rosette en duègne, Jacques dans une improbable chemise couverte de volants. « Tu es sûre ? Oui, oui, tout à fait sûre, c'est très hidalgo, matamore qui bombe le torse, olé... » Sur la photo de groupe du bal, Jacques a les bras ballants et peine à trouver le personnage. Pas plus ridicule que l'aède en toge tenant sa lyre au premier plan. L'essentiel, c'est de n'avoir pas un déguisement semblable à celui de quelqu'un d'autre ou des éditions précédentes. On joue au tennis, on pique-nique dans le désert sur une nappe blanche. À la plage d'Agami, Claire pose dans un audacieux maillot de bain deux-pièces.

Sur les photos, certains messieurs sont en uniforme, des officiers de marine, tenue d'été blanche, très élégante. D'évidence pas en manœuvres sinon mondaines. La guerre menace quelque part, on voit passer davantage de gradés, de galons, mais c'est si loin. Qui songerait à cesser de s'amuser ici à Alexandrie ? Pastroudis, plein à craquer. Chez Baudrot, pareil. Au Sporting, il faut entendre les conversations... Des cancans, des futilités. « À croire que pas un n'allume la radio », remarque Claire à haute voix tandis qu'elle et Jacques prennent le café sur la terrasse. « Ils sont moins concernés que nous, c'est vrai, quand on est anglais ou français, on est du bon côté. » À ce mot, Jacques sursaute. « Et toi, tu n'es pas française, par hasard ? Nous sommes mariés, je te le rappelle... » Claire soupire. « Je ne te parle pas de ça, je te parle de mon père, britannique dans l'âme, pétri de culture française mais hongrois quand même. Quelle peine pour lui, ce qui se passe en Autriche... » Et dire que Félix ne peut pas en parler, quelle tristesse.

« Pas parler de quoi ? » La silhouette de Claude se dessine dans le contre-jour de la porte-fenêtre. « Alors quoi, mademoiselle, on écoute aux portes ? » ironise Claire. Claude se renfrogne. « Non, j'écoute pas, j'ai entendu, c'est tout. Qu'est-ce qu'il a Grand-Grand, pourquoi il peut pas parler et pourquoi vous me dites rien, hein, pourquoi ? » Comme ses cousins, Claude appelle Félix Grand-Grand. Elle n'aime pas trop le voir dans la chaise roulante, s'approcher de la main tremblotante qui donne un bonbon à la violette. « Ce n'est tout de même pas sa faute s'il ne peut pas parler... » Claude s'effondre en larmes. Jacques sort de sa poche le mouchoir en linon qu'il y glisse chaque matin, sèche les joues : « Voyons, voyons, une grande fille ne pleure pas. » « Je suis pas une grande fille, je suis une petite fille et j'ai peur de voir Grand-Grand, et puis j'ai peur tout court, j'ai peur de ce qu'on m'a dit à l'école... » Elle renifle. Claire : « On t'a dit quoi ? » « Qu'il allait y avoir la guerre et que tous les juifs iraient en prison et nous, on est des juifs aussi. » Jacques : « Ah non, pas Maman et pas toi ! » La réflexion est sortie sans filtre, elle irrite Claire au plus haut point mais ce n'est pas le moment de solder ce genre de comptes.

« Qui t'a dit ça ? » « Je ne sais pas, c'est dans la cour. » Claude triture le mouchoir de Jacques.

« Et puis… » « Et puis quoi ? » « Vous écoutez des choses qui font peur à la radio, le soir. » Alors ça, c'est le bouquet, pense Claire. « Mais comment peux-tu savoir ce que nous écoutons ? Tu nous espionnes ? » Claude fixe ses doigts, le mouchoir, puis chuchote. « Je suis sortie du lit sans la permission de Polly et j'ai marché jusqu'à la porte du salon et il y avait cette grosse voix qui disait "Nous allons nous battre", il l'a dit plein de fois, et ça m'a fait peur. » Claude regarde son père. « Papa, on va avoir la guerre ? » Jacques est ailleurs, il songe aux mots de Churchill qui se sont gravés dans sa mémoire : « *We must arm. Britain must arm. America must arm.* » « Maman, dis-le-moi, on va avoir la guerre ? » Claire sent que le moment n'est pas aux sornettes. « Peut-être y aura-t-il la guerre, oui. »

*

Sur les photos de cette fin des années 1930, mes trois Alexandrines ont chacune son style. Rosette flotte dans d'amples tenues floues masquant les rondeurs, Claire porte de larges pantalons ceinturés d'une élégance absolue. Et toi, ma pauvre Claude, je te vois serrée dans un manteau de lainage bien raide, à revers trop larges, une lavallière autour du cou, un chapeau sur la tête, pas un bonnet, non, un chapeau. Un costume de rombière à treize ans. L'adolescence n'a pas encore été inventée. À voir ta mine renfrognée alors que ton père te photographie chez tes grands-parents Vincendon au Pays basque, l'humeur existe déjà même sans la tenue. Tes frères sont emballés dans des pardessus de ministres et pas plus souriants. Peut-être est-ce l'ambiance du séjour chez le général et madame qui pèse. Claire fait la tête. Ils sont en vacances et ont l'air en visite.

Hiver 1939, la France et la Grande-Bretagne ont déclaré la guerre à l'Allemagne depuis le 3 septembre. Claire et Jacques sont au Mena House Hotel du Caire, avec Basil Rees et Marjorie, sa femme. Est-il déjà l'amant de Claire, ce grand personnage carré, avec sa fossette au menton ? Sur l'une des images, Claire est collée contre lui tandis que Jacques se retrouve assis plus loin sur un fauteuil. Mais sur un autre cliché, c'est l'inverse. Basil Benwell Rees est britannique, riche, administrateur de sociétés et rentier. Il est né en 1902, trop vieux pour être envoyé au front si par malheur le front arrivait aux portes d'Alexandrie mais prêt à rejoindre au moins les forces de défense, comme Jacques, comme tous les messieurs de ce monde-là.

Comment raconter la guerre à Alexandrie ? Les souvenirs que j'ai entendus sont de minuscules fragments. Un jour, Claude rentre guillerette du lycée. « On n'a pas eu maths ! » « Ah bon, et pourquoi donc ? » « Je ne sais pas, on ne nous a pas dit, en tout cas c'est chouette... » Jacques à sa fille : « Ce n'est pas, comment dis-tu, chouette, d'avoir des enseignements non dispensés. C'est dommageable pour les apprentissages. » À Claire : « Certains professeurs ont été mobilisés. Marcel Fort m'en a parlé l'autre jour. » Marcel Fort, le proviseur du Lycée français. « Il m'a aussi dit qu'il cherchait des volontaires pour remplacer les enseignants absents et j'ai répondu présent naturellement. » Claude est atterrée. Pour les maths, c'est finalement M. Marais, banquier, qui assure le cours de 8 à 9 avant l'ouverture de la banque, il faut se lever tôt et il a la pédagogie d'un banquier.

Tout ce que l'on me raconte sur cette période est amusant et noyé dans une chronologie confuse. À un moment, Alexandrie est bombardée. Quand ? On ne se souvient plus. La famille part se réfugier dans la villa de Pierrot Grandguillot, à Ramleh, quartier excentré. Grandguillot est exportateur de coton et membre de la bande de Claire. Un garçon athlétique à lunettes, un rien intello, pas vilain. Une fois la troupe arrivée dans la villa, grand débat. Faut-il ouvrir ou fermer les fenêtres pour éviter les vitres cassées par les déflagrations ? On décide de les ouvrir. Jacques s'en tient à son habitude de fermer la sienne : « J'ai toujours fait comme ça, je dors mieux. » Une nuit, une bombe explose pile au milieu du jardin. Toutes les vitres éclatent sauf celles de la chambre de Jacques. Les gamins pouffent, tancés illico par les adultes.

Après cela, ou avant, je ne situe pas, quelqu'un pense plus sage d'emmener les enfants à la campagne, dans une maison appartenant à un juge au village de Kallin. Claude, Dan et Éric, les trois enfants de Claire et Jacques, Jimmy et Betty, leurs cousins, et Félix, autre sorte d'enfant équipé de son infirmière. Le grand événement, c'est la dent de Jimmy qui se décroche de sa mâchoire parce qu'il a fait l'imbécile avec son cousin Éric, qu'il est tombé et, crac, la dent par terre, ramassée en vitesse, branle-bas de combat, on file chez le médecin, il replante la dent, ça pleure, ça crie, ça gronde. Quelle aventure... Mon oncle Éric raconte aussi la famille partant vers Ismaïlia, au bord du canal de Suez, le chauffeur au volant et tout le monde dans la voiture. Une Nash. Une américaine qui fut la première automobile avec sièges rabattables et climatisation. Le périple inopiné, la super voiture, l'excitation. Un souvenir de guerre à hauteur d'enfant.

Le départ vers Ismaïlia, je le place en 1942, l'année de la bataille d'El-Alamein. C'est un drôle de voyage, en cortège. La Nash avance au milieu d'une file d'ambulances. Claude a le nez au carreau. Elle a seize ans, elle s'ennuie, pense à ses amies, au Sporting, au devoir de français qu'elle n'a pas eu le temps de rendre… « Maman, c'est quoi toutes ces ambulances ? » « Des voitures dans lesquelles on transporte des malades ou des blessés », répond Claire. « Oui, ça je sais, merci, mais pourquoi sont-elles là ? » « Parce que ces gens ne peuvent pas être soignés en Égypte. » « Ah bon ? » Un temps. Claude réfléchit. « Et l'hôpital Menasce, alors ? Grand-père Félix l'a construit pour rien ? » « Non, pas pour rien, bien sûr, mais il ne suffit pas, ce sont des blessures trop graves, je ne peux pas t'expliquer. » « Comment ça, tu ne peux pas m'expliquer ? » « Non, je ne peux pas, parce que c'est trop compliqué, et d'ailleurs, ça suffit, tu me fatigues avec tes questions ! » Claude chuchote une protestation pour la forme, se renfrogne dans son coin, entame une bouderie rêvasseuse. Dehors, le désert. Un paysan avec son âne, des enfants qui courent après une chèvre. Les voitures doublent des charrettes, des arbustes secs, poussiéreux de sable. Parfois un village. Que c'est long...

Claude s'étire sur la banquette, bâille. « Mamaaan... » « Oui, quoi encore ? » « Où vont être soignés ces blessés ? » « Probablement à Beyrouth ou à Damas. » Un cri : « On va aller jusque-là ??? » Claire se retourne, voit la mine effarée de sa fille, part d'un grand rire. « Non, ne t'inquiète pas, nous allons d'abord nous arrêter au Caire. » « Ouf, ça, ça va... » Claude est souvent allée au Caire. Elle se rappelle une visite du Musée égyptien quand elle était enfant, avec Jacques qui connaît son égyptologie sur le bout des doigts et en abreuvait sa fille ce jour-là. « Ce serait bien agréable d'y retourner mais ça n'a pas l'air d'être au programme », songe-t-elle.

La voiture entre dans la banlieue du Caire. La chaussée est envahie de monde, une vieille traverse, le chauffeur klaxonne, l'insulte, crie un juron au propriétaire d'un âne chargé d'une montagne de marchandises arrêté net au milieu de la route. « Où allons-nous passer la nuit ? » demande Claude. « Au Shepheard, nous aurons la suite de Catroux », répond Claire. D'une façon générale, Claude brûle de partager les discussions des adultes, elle tente de se mettre à leur hauteur et parfois ça marche. « Et qui est ce Catroux ? »

demande-t-elle d'un air détaché. Claire s'y laisse prendre, répond sur un ton de conversation. « Quelqu'un de très bien, le chef des Français libres en Syrie-Liban. D'habitude, il est basé au Caire, mais là… » Tout d'un coup, elle se ressaisit. Claude n'est pas une adulte, et même avec eux, la guerre doit rendre prudent sur ce que l'on dit. « Non, mais qu'est-ce que je te raconte là ? » lâche-t-elle à haute voix. « Oublie, rien de tout cela ne concerne les enfants. Catroux est un monsieur très gentil, voilà. » Claude pense : « Je ne suis plus une enfant », et se contente de soupirer.

13

Les engagés

Georges Catroux, visage sec et petite moustache, est le seul haut gradé en poste dans les territoires de l'empire colonial à avoir refusé la défaite de 1940. Destitué par Vichy, il se rallie à de Gaulle dès le lendemain de l'appel du 18 Juin. Il est élégant, cultivé, bon cavalier et convaincu de la légitimité des aspirations nationalistes des peuples du Moyen-Orient. C'est le plus proche collaborateur du Général, délégué général puis haut-commissaire Syrie-Liban. Catroux ira jusqu'à accorder l'indépendance à la Syrie et au Liban, avec la conviction qu'il faut aider ces pays à former leurs élites. Un moderne. Divorcé, il en est à son deuxième mariage quand Claire le rencontre avec sa charmante femme, Marguerite. Lorsqu'il séjourne dans la suite du Shepheard au Caire, le général organise le recrutement de soldats volontaires pour rejoindre les alliés. Claire adore Catroux, aime sa séduction, ses façons de diplomate, ses talents de négociateur et son courage. Mais elle est très amie avec Marguerite aussi. En juin 1941, Marguerite, Claire et une autre femme sont photographiées à Alexandrie, toutes trois en uniforme. Marguerite a dédicacé l'image : « Pour Claire, adjudant des FFL, son amie reconnaissante. Margot. » La preuve de la guerre par le costume. Claire envoie clandestinement des troupes aux alliés à partir de l'Égypte restée neutre. Dans les convois d'ambulances qu'elle organise, aucun « blessé trop grave pour être soigné à Alexandrie ». Juste des marins de la flotte française bloquée dans la rade d'Alexandrie, qui n'en peuvent plus de rester l'arme au pied et veulent rejoindre la France libre.

Le Caire, chaud, étouffant, bruyant. Dans le hall du Shepheard, des officiers qui fument, des femmes élégantes, des soldats qui entrent d'un pas sec, bruit de bottes, clac-clac, garde-à-vous : « Un pli pour vous, mon colonel. » « Ah, très bien, merci, rompez », les bottes qui claquent, demi-tour puis un autre soldat... Ce spectacle enchante Claude. Il la console de ce passage éclair où l'on ne verra rien d'autre. Le lendemain à l'aube, dans la lumière bleu-gris du petit matin, la troupe repart. La Nash, les ambulances, des voitures. Le froid du désert nocturne est encore là, les enfants frissonnent, Polly les houspille, allons, dépêchez-vous ! Claude entend ses parents qui parlent à voix basse. « Est-ce que nous ne sommes pas partis trop tard ? Arriverons-nous à temps ? » « Mais oui, ne t'inquiète pas... » Éric et Dan rattrapent leur sommeil, écroulés sur la banquette. Claude se sent épuisée par le voyage de la veille, par la nuit trop courte mais peine à dormir.

À temps pour quoi ? Vers où ? Nous sommes peut-être en train de nous enfuir. Si ça se trouve, les Allemands sont revenus tout près d'Alexandrie. Ils y sont peut-être déjà. « Et s'ils étaient entrés chez nous ? S'ils avaient tout cassé ? » Toute la gaieté, la curiosité excitante de ce voyage imprévu s'écroulent. Cette guerre qui semblait si loin, irréelle, lui saute à la gorge, la submerge d'angoisse quand soudain, comme ça, Claude se souvient de son cahier de français. « Mince, j'aurais dû l'emporter. Si ça se trouve, il est perdu. C'est bêta, j'avais une bonne moyenne. Avec le bac à la fin de l'année... Quelle cruche ! »

Plus le cortège des voitures file vers le sud, plus la chaleur devient pénible. L'arrivée à Ismaïlia est un cadeau de fraîcheur. La ville construite par la Compagnie de Suez est ravissante avec ses jardins français, son élégante avenue de Lesseps et ses imposants dispensaires en style néo-oriental. Dès sa fondation, Ismaïlia a été un laboratoire. La Compagnie avait compris qu'il allait de son intérêt de préserver la santé de ses ouvriers mais surtout elle devait lutter contre l'idée que le Canal allait ouvrir la voie aux épidémies qui, venues d'Inde et d'Asie, déferleraient sur l'Europe en s'engouffrant dans ce tuyau. Les premières découvertes sur le paludisme (le moustique puis la quinine) seront appliquées à Ismaïlia. Le médecin-chef du Canal est un personnage important.

La famille séjourne dans la maison du docteur, les enfants dans une chambre, leurs parents dans celle d'à côté, séparés par une porte, tout près d'eux. Éric tanne son frère pour qu'il joue aux petits soldats avec lui, Dan se trouve bien trop vieux pour ces jeux de bébé. « C'est pas des jeux de bébé… » « Si, c'est des jeux de bébé et puis laisse-moi tranquille… » « Claude, Claude, joue avec moi, s'il te plaît… » Claude ne lève même pas les yeux de *Rebecca*, le dernier ouvrage de Daphné Du Maurier, que Claire a offert à sa fille après avoir croisé la romancière dans une réception à Alexandrie. « Ah, débrouille-toi, tu ne vois pas que je suis en train de lire ? » « T'es pas gentille, personne n'est gentil avec moi, je vais le dire à papa et maman et… » Claude lève la main. « Chut ! Tais-toi ! » De l'autre côté de la porte, on entend Jacques et Claire. Éric oublie net ses affaires de soldats. « Qu'est-ce qu'il dit, papa ? Il est fâché ? » « Chuuut, tu ne peux donc pas te taire ! » Jacques n'est pas fâché, il est embarrassé par ce qu'il compte annoncer, il masque sa gêne sous un ton impérieux. « Voilà, j'ai bien réfléchi, tu vas rester ici avec les enfants et moi je vais rejoindre Catroux à Damas. » La voix de Claire n'est pas habituelle non plus. Plus aiguë. « Comment ça, tu vas aller à Damas ? Mais tu es fou ! Tu ne repasseras jamais la frontière dans l'autre sens, tu ne pourras pas revenir. Je t'en prie, ne fais pas cette bêtise… » Éric chuchote : « C'est quoi, la bêtise ? » La voix de Jacques monte un ton plus haut. « Rejoindre les Forces françaises libres, une bêtise ? Mais tu entends ce que tu dis ? » Cette fois, c'est Claire qui crie. « Ah, ça suffit, sur la France libre, je n'ai pas de leçons à recevoir, tu sais très bien ce que je fais déjà pour la défendre, je te demande juste, je te supplie si tu préfères, de ne pas laisser ta famille… »

Les trois enfants sont collés à la porte de communication, les deux grands, surtout, tandis que le plus jeune tente de se glisser entre eux. De l'autre côté, le ton a baissé. Un silence. Les deux aînés se regardent, interrogatifs. Puis Claire parle à nouveau. Elle ne crie plus. Elle est accablée. « Ah ça, on peut toujours laisser tomber armes et bagages, sa famille, ses obligations et préférer jouer les héros, dit-elle. Ce que j'accomplis ne peut pas prétendre à toute cette gloire… » Jacques fait celui qui n'a pas entendu la pique, ou ne veut pas l'entendre. Il tente un « Voyons, mais pas du tout, c'est très important au contraire ». Claire continue. « C'est très pénible en tout cas ; ils ne sont pas si nombreux que ça, tes compatriotes qui veulent continuer à se battre. Tu ne les vois pas, tous ces marins français qui n'ont qu'une idée en tête, toucher leur solde et repartir en France ? » Jacques soupire. Il sait bien que parmi les trois mille hommes d'équipage de la Force X bloqués dans la rade d'Alexandrie, il n'y a pas lourd de combattants pour soutenir les alliés. Les morts de Mers el-Kébir, ce bombardement de la flotte française par les Britanniques pour soustraire les bateaux aux forces de l'Axe, sont dans tous les esprits.

Les Anglais sont détestés et les Français libres du général de Gaulle considérés comme des traîtres par bien des matelots.

*

Jacques ne rejoindra jamais Catroux à Damas et le général Montgomery mettra fin à l'avancée de l'Afrika Korps après la victoire d'El-Alamein. En cette année 1942, Alexandrie reprend son existence d'agglomérat baroque, pittoresque tableau de nationalités bizarres. Parmi les grandes familles grecques, turques, syriennes ou arméniennes qui forment la base d'Alexandrie la cosmopolite présentes en Égypte du temps de l'Empire ottoman, les plus riches, ou les plus influentes, sont allées se placer sous la protection des Puissances durant tout le XIXe siècle, avant même l'écroulement de l'Empire en 1908. Les Sursock, originaires de Beyrouth, deviennent russes ; les Zogheb, syriens au départ, se retrouvent italiens. Seul un tiers des Britanniques ou des Français provient du pays d'origine. Les Menasce, quoique hongrois, parlent rarement du lac Balaton et soutiennent les Anglais.

Combien de Français à Alexandrie pour admirer Pétain ? Je n'en sais rien. Le récit familial les évoque comme des gens qu'on ne fréquentait pas. Dans cette Égypte sous la surveillance étroite des Britanniques, les sympathisants du Maréchal ou du Duce étaient tenus à l'œil et jamais aucun des Menasce-Vincendon n'aurait rejoint ces égarés. Depuis le 28 juin 1940, le général de Gaulle a été reconnu « chef des Français libres » par le gouvernement britannique. La famille est France libre. En septembre 1940, Jacques Vincendon, quarante-quatre ans, rejoint ses rangs. Membre des comités, Jacques collecte des fonds.

La famille assure l'effort de guerre à sa manière. Le conflit inspire à Rosette… un livre de cuisine. *La Main à la pâte. Petit traité de cuisine humoristique et pratique*, textes de Rosette de Menasce, dessins de Claire Vincendon, publié par R. Schindler, éditeur à Alexandrie, 1944, deuxième édition. La première, désormais introuvable, a été rédigée pendant la guerre, comme en témoigne la recette du foie gras Moharrem Bey, « un ersatz de première » que Rosette présente comme « épatant ». « Dégoûtant » serait plus juste. Moharrem Bey est le quartier de la rue Rassafa. En fait, peu importe que les préparations dégoulinent de béchamel ou qu'il faille quatorze œufs pour réaliser le « gâteau au chocolat sans farine et sans histoire », seule compte la personne de Rosette tout entière dans ce modeste ouvrage. Il y a la solide fille du peuple qui détaille le lavage et le rinçage des boyaux pour réussir les tripes à la mode de Caen avec le plaisir manifeste de susciter des haut-le-cœur chez ses élégants lecteurs. La sérieuse fêtarde qui répare une tête en pitchpin de lendemain de bombe avec une soupe à l'oignon à sa manière. La snob qui tient telle recette du barman du Ritz, parle de son cuistot ou de son chauffeur et se vante d'avoir arraché la recette de l'omelette au lard de la Mère Poulard à « une arrière-petite-fille de la mère de l'omelette, jeune Normande dodue aux yeux malicieux et déguisée en Bretonne [qui] a bien voulu me donner la recette (parce que j'étais d'un pays lointain) ». J'aime son style. Sur le bœuf Strogonoff : « Ce nom barbare, qui sonne comme un coup de canon, appartenait à un général russe, ancien régime. Sa célébrité n'est pas due à la prise de Sébastopol, ni aux chandelles de suif dont il nourrissait ses moujiks, mais à son goût prononcé pour les petits plats cuisinés, la vodka et la recette qui porte son nom conserve encore la vedette avec les blinis dans les boîtes russes de Paris et d'ailleurs. »

Claire, elle aussi, apporte sa touche de gaieté au conflit. Je la vois sur une photo en compagnie des trois sœurs De Jeaner, vêtues de robes à grandes fleurs, en récital devant une assemblée de soldats anglais au camp militaire de Dekela. Dans un genre moins cabaret, Georges, le premier fils de Félix, poursuit ses concerts du mardi à l'intention des militaires stationnés dans la ville. Parfois, Gina Bachauer, pianiste de haut vol réfugiée à Alexandrie, ancienne élève d'Alfred Cortot et de Rachmaninov, se joint à la représentation. Georges de Menasce recevra après la guerre une médaille des mains de la reine d'Angleterre pour son action en faveur du moral des troupes. Mme Barker, Alexandrine un peu forte, présente un jour le programme de l'après-midi en s'excusant d'avoir « un chat dans la gorge ». « Plutôt une grosse vache ! » s'écrie un sous-off dans la salle. Claude, assise au deuxième rang, éclate de rire, Claire lui donne un grand coup de coude, prend l'air choqué qui convient. Et se régale de la spontanéité de ces militaires.

Dans la rade d'Alexandrie, combien y a-t-il de bateaux militaires à l'ancre ? Toute la gamme. Cuirassés, torpilleurs, destroyers, croiseurs... Soixante, quatre-vingts, cent navires peut-être. Aucun de ces monstres, et pas même le danger d'une bavure, n'empêche Jacques de sortir son canoë pour tirer des bords dans les eaux du port. « Ce n'est pas une guerre qui va changer mes habitudes », dit-il. Et surtout pas celle qui consiste à embarquer sa fille dans ces navigations circulaires. C'est transgressif, un peu risqué, délicieux. Pour une fois que Jacques n'est pas plan-plan... Claude n'a pas peur. Elle est ravie.

D'ailleurs, qu'y a-t-il de triste dans ce qu'elle vit ? Rien. Elle vient d'avoir le bac, mention bien. Des officiers britanniques à peine plus vieux qu'elle prennent leur place dans la vie de la bonne société, sont reçus dans les familles, peut-être invités au Sporting. Le côté sélect du club, *members only*, tranquillise les mères quant aux fréquentations de leurs filles. Dans quelle occasion, à quelle réception, lors de quelle escapade au Brazilian Coffee Claude rencontre-t-elle Nigel Grey ? Il n'a pas vingt-cinq ans, il est officier de marine. Elle a seize ou dix-sept ans, n'en revient pas de se sentir désirée par cet homme, cet adulte. Les lycéens de son âge à peine bacheliers et pas encore terminés l'enquiquinent. Claude trouve très distrayant le manège de toutes ces Mademoiselle Gnan-gnan qui tournicotent autour de son frère Dan, quinze ans, mais ne veut surtout pas faire partie d'une troupe comme celle-là.

Nigel Grey la regarde comme une femme, s'adresse à elle comme à une femme. Claude ne parle plus que de lui, ne pense plus qu'à lui.

« Oh là là, s'exclame Claire en riant, notre petite Claude serait-elle amoureuse ? » Nigel Grey, lui, l'est. Il doit repartir au front. Les voilà marchant le long de la Corniche en se tenant la main, dans le soir qui tombe. C'est le début de l'hiver, il a plu, l'air poisse. Leur dernier soir ensemble, des silences. Tout à coup, il s'arrête, se tourne vers elle, lui prend les mains. « Mon amour, je t'aime, veux-tu devenir ma fiancée, oui, là maintenant, j'emporterai cette promesse dans mon cœur, tu seras toujours avec moi, nous nous marierons dès mon retour, ma mère t'adorera, d'ailleurs je lui ai déjà beaucoup parlé de toi dans mes lettres et… » Dans la tête de Claude, les mots s'entrechoquent, « fiancée, mariée, sa mère »… La proposition trop belle, trop forte, trop effrayante aussi, tellement brusque. Tellement excitante. Il la regarde dans les yeux : « Dis-moi que tu veux devenir ma fiancée, je t'en supplie, dis-le-moi… » La prudence prend la parole : « Je ne sais pas, je ne m'attendais pas à ça, je ne sais pas quoi dire… » C'est pour la forme et pour gagner un peu de temps. « Je devrais exploser de joie, lui dire : "Oui j'ai très envie d'être ta fiancée, je t'aime, personne ne m'a jamais parlé comme ça, tu es le premier, j'ai tant rêvé d'un tel moment…" En même temps, je suis peut-être trop jeune, je ne sais pas quand il reviendra, il risque de m'oublier, je serai liée et je rencontrerai peut-être quelqu'un d'autre… Mais est-ce que je peux le laisser partir au combat comme ça, avec le chagrin d'un refus ? » Nigel presse les mains de Claude, intensifie le regard, les yeux dans les yeux. « Alors, c'est oui ? » « C'est oui. »

14

Ces femmes-là

Nigel part, Nigel pense à Claude, Nigel lui envoie des lettres pleines d'amour : « Tu me manques, j'ai tellement hâte de te revoir, de te serrer dans mes bras... » Au début, Claude les attend, guette l'arrivée du courrier posé sur la console de l'entrée, se précipite quand elle voit une enveloppe portant le cachet de la censure militaire. Puis elle oublie de surveiller le facteur, passe devant la console sans la regarder et finit par ne même plus voir que l'une des précieuses missives s'y trouve. Ce matin-là, Claude entre dans la chambre de sa mère. Claire se brosse les cheveux assise devant sa coiffeuse, aperçoit sa fille dans le miroir et s'écrie joyeusement :

« Tu as reçu une lettre de Nigel ! » « Ah oui ? Très bien », répond Claude d'un ton morne. Claire se retourne, regarde sa fille. « Cela n'a pas l'air de beaucoup t'émouvoir... » « Si, si », dit Claude d'une voix mal assurée. Elle s'approche de la coiffeuse, soulève une brosse en ivoire. « C'est joli ces objets mais ça ne démêle pas très bien les cheveux. » « Certes, mais je te le répète, tu as une lettre de Nigel, ça ne te fait pas plaisir ? » « En fait, pas vraiment, je ne sais plus. » Claude marque un temps, examine la brosse comme si elle allait l'acheter. « Je devrais être contente d'avoir de ses nouvelles mais je ne sais pas ce qui s'est passé, ça ne m'excite plus comme avant. » Claire change de ton. « Comment cela ? Tu ne l'aimes plus ? Si c'est le cas, je te le dis tout de suite, il faut le lui écrire et rompre ces fiançailles. Tu ne peux pas laisser ce pauvre garçon se perdre dans des illusions. C'est cruel, pervers. » Là-dessus, la mère reprend sa séance de coiffure. Et comme pour elle-même : « Je n'ai aucune envie que ma fille devienne l'une de ces femmes-là, il y en a déjà bien assez à Alexandrie... »

Claude en reste figée. « L'une de ces femmes-là. » De ces manipulatrices, de ces mangeuses d'hommes, de ces sorcières couvertes de bijoux offerts par leur mari plein d'argent et encore, quand elles en ont trouvé un ? « Perverse, tu crois que je suis perverse ? » « Non, ma chérie, tu te sens coupable à l'égard de cet homme, tu ne sais plus quoi faire, je t'explique la méthode pour t'en sortir. »

Le lendemain, Claude griffonne des brouillons, en jette une dizaine, finit par se satisfaire d'une version pas trop brutale à ses yeux. « Ces femmes-là... » « Est-ce que je me suis comportée comme elles en disant oui à Nigel ? Je me serais servie de lui ? Pour flatter ma petite personne ? Assez vite après son départ, il ne m'a plus manqué, c'est vrai. Je me suis raconté que j'avais accepté ces fiançailles pour lui, comme une bonne action. Mais bon, il faut être honnête. Cette demande de fiançailles était surtout une gratification pour moi. Je vivais autre chose que les amourettes de mes amies, leurs petites affaires avec des garçons de leur âge, qui vont et viennent... Mais j'y ai cru. »

Disons que Claude a eu envie d'y croire. Contrairement à « ces femmes-là », elle était sincère. Je n'ai trouvé nulle trace de Nigel Grey sinon dans la mémoire de mon oncle qui se souvenait du jeune homme et de son nom. Une chose toutefois me frappe. Comme Rosette avec Simon Philippart, Claude a vécu avec Nigel Grey un faux départ dans sa vie amoureuse et ni l'une ni l'autre de ces histoires n'ont jamais figuré dans la légende enchantée du récit familial. Dans le cas de Rosette, la naissance de Paul prouvait qu'il y avait eu quelqu'un avant Félix mais qui, où, quand, mystère. À l'exception de mon cousin Jimmy, le seul curieux, celui qui avait découvert l'existence de Philippart au cours de ses recherches, les autres parlaient de Paul Larriba – quand ils en parlaient –, comme s'il était né de la lune. Pour Claude, même effacement. Sa vie de femme était supposée commencer plus tard, vers vingt ans, avec un événement que je raconterai plus tard.

Pour le moment, j'ai une panne. Un trou dans mon récit. Je quitte une brillante jeune bachelière et je trouve une sténo-dactylo travaillant aux approvisionnements des forces britanniques basées à Alexandrie. Retour de fortune ? Dégringolade sociale ? Même pas. Sa mère, Claire Vincendon née Menasce, reçoit à sa table l'amiral Cunningham, commandant en chef de la Royal Navy, les Menasce sont toujours les Menasce et Claude, employée de secrétariat dans le populeux quartier des docks, rentre déjeuner chaque jour dans l'élégant appartement de la rue Fouad Ier. Cette fille de l'une des familles en vue de la bonne société alexandrine a choisi la vie de bureau, et pas dans l'univers guindé d'une banque. Je pourrais voir dans ce mouvement une révolte, une dépression, un grand moment de remise en cause mais Claude, heureusement, tu m'as laissé une boussole pour ne pas faire fausse route.

Un livre. Tu l'as écrit quinze ans plus tard. Ce roman est une comédie. Il s'intitule *The Rum Go*, expression un peu datée désignant un événement inattendu, utilisée sans plus de référence au rhum que le pétrin au pain. Sauf que là, justement, la tropicale mixture fait partie du récit. Un titre-jeu de mots qui donne le ton. La narratrice, native d'Alexandrie, est la secrétaire du gradé chargé des fournitures de la Marine stationnée dans la rade. On voit ces Britanniques à peau claire et idées raides se confronter à l'imprévisibilité méditerranéenne sous le regard amusé de la petite dactylo. Elle arrange des transactions de hangars pour stocker les tonneaux parce qu'elle sait comment s'adresser au dignitaire du quartier. Elle porte des lunettes, ce qui, dans ces années-là, obère le potentiel de séduction d'une femme. Elle tombe amoureuse d'un jeune officier (tiens donc). Il plaît à ses parents, la demande en mariage devant eux, lui fait enlever ses lunettes, la révèle à sa vraie beauté, me paraît de plus en plus déplaisant dans le rôle de l'homme qui sait ce qui est mieux pour la fille quand je me souviens que Claude ne portait pas de lunettes.

Claude, tu as précisé en exergue de ton ouvrage que toute ressemblance avec des personnes existantes ne serait que fortuite. Est-ce si sûr ? C'est bien toi qui as préféré t'amuser à travailler plutôt que poursuivre des études, qui t'es retrouvée dans ce service des approvisionnements de la Navy à tenir les registres de millions de boîtes de haricots cuisinés, de milliers de bœufs congelés ou de tonnes d'abats, de centaines de pantalons à pont, de salopettes et même de passe-montagnes, bizarrerie réglementaire qui ne s'invente pas. Je sens que tu as connu cette descendante d'un millionnaire grec décortiquant les factures des chargements, cette ravissante petite juive de Salonique en blouse rose à volants qui faisait des totaux en un clin d'œil, et toutes ces demoiselles turques, égyptiennes, syriennes, grecques, nées ici, dotées de nationalités improbables, suédoise, roumaine, italienne, parlant quatre ou cinq langues couramment mais incapables d'en écrire aucune correctement. Je vois le plaisir que t'a donné l'étonnement des officiers anglais devant cette curieuse troupe, alexandrine par excellence.

Pour toi, le paysage, ce sont les gens. Je te lis. Tu décris « ces fonctionnaires des troupes coloniales, nés et élevés ici, jamais un pas de travers, parfaits modèles de comportement, à la fois gais et ternes, totalement méditerranéens ». Ces artisans aussi, les tonneliers, boulangers, charpentiers, « avec leur hiérarchie d'Européens ». La classe laborieuse enfin, « tous locaux, des sacs sur la tête ou sur l'épaule, pantalons de zouave, pieds calleux, murmurant une prière aux morts d'un ton funèbre à la porte des entrepôts, souvent endormis là ». Tu ajoutes « comme des chiens » et je ne sais quel sens donner à ces mots.

La cité t'intéresse-t-elle ? Je voudrais que tu me parles de la touffeur des étés, du souffle chaud du désert, de la douceur des vents de mer, des pluies de l'hiver quand l'air froid et humide s'abat sur la ville, fait suinter les venelles étroites et frissonner les passants. Je n'ai vu Alexandrie que pendant trois jours de beau temps en 2005. Quelle était ton Alexandrie mentale, ta géographie personnelle ? Allait-elle au-delà des frontières de la partie européenne ? As-tu parcouru les ruelles des quartiers arabes, perçu la pauvreté, vu les maisons décrépites ? As-tu soupçonné l'existence de cette population effarante de pauvres filles dansant dans des cabarets crasseux, de prostituées alpaguant des clients bedonnants et gras, de bordels d'enfants ? D'autres voyaient cette réalité, d'autres qui fréquentaient ton monde même s'ils ne savaient pas encore que c'était le tien. Un Lawrence Durrell qui débarquera à Alexandrie pendant la guerre contraint et forcé, chassé de Corfou par l'avancée des forces de l'Axe, pris d'emblée dans la fascination et le dégoût pour cette ville qu'il subira, observera, disséquera et sublimera des années plus tard.

Tu ne prêtes pas cette curiosité à ta narratrice. Tu en fais une chochotte effrayée par ce monde obscur, par cette zone d'ombre, en pâmoison devant le beau garçon qui se prend pour son Pygmalion, une nunuche exaspérante. Claude, tu me déçois. Tu ne peux pas être un peu plus curieuse de l'invraisemblable agrégat d'histoires, de croyances, de religions, d'ésotérismes, de peuples, de maîtres, d'envahisseurs qui a façonné l'exception d'Alexandrie ? Les Ptolémées se mariant entre frères et sœurs, même Cléopâtre, épousant successivement ses deux frères, les Ptolémées numéros XIV et XV (avant son affaire avec Marc-Antoine puis César), l'affreuse fin d'Hypathie, dernière païenne massacrée à coups de tuiles, les discussions philosophiques sans fin du monophysisme, du gnosticisme, de l'arianisme, cet empilement de mythes, de bizarreries nées là ? Les restes des murailles, la présence virtuelle du phare, du tombeau d'Alexandre, de la voie Canopique, de tout ce qu'E. M. Forster raconte si bien dans son guide d'Alexandrie que tu n'as peut-être même pas lu, rien de tout cela n'est ton histoire à toi ?

« Calme-toi...

— Pardon ?

— Tu t'emportes.

— En effet, je m'emporte. Mais Claude, admets-le : cette fille est stupide, elle a l'intellect d'une poule. Comprends ma déception. Je me faisais une autre image de toi.

— Ce n'est pas moi, c'est un personnage, une invention. Même s'il y a du vrai. Elle a un peu de la niaiserie, de la naïveté que j'avais à cet âge-là, un côté tête de linotte emportée par ses élans. J'aimais plaire. Mon frère me l'a assez reproché. Tu devrais le savoir, tu as lu ce que Dan, ton père, dit de moi dans ses lettres...

— C'est vrai. Des missives qu'il envoyait à Claire après la guerre, quand il était en France, un courrier parfois assez drôle parce qu'il sait écrire. Toujours la tentation du bon mot. Mais quand il parle de toi, de ton orgueil, des garçons qui t'attrapent en jouant là-dessus alors que tu mériterais tellement mieux, il devient dur, méchant, déplaisant. Lire ces passages me gêne, leur ton moralisateur, cette attitude de jeune homme intransigeant prétendant protéger sa sœur. Pour qui se prend-il ? J'aurais envie que tout le monde t'admire.

— Que veux-tu, à vingt ans, je n'ai pas pris que de bonnes décisions, on pourrait en parler...

— On y viendra. »

*

« Claude, tu te souviens de la mort de Félix en 1943 ?

— Pas du tout. Je me rappelle juste Jacques disant qu'il n'avait jamais serré autant de mains dans sa vie.

— Personne ne s'en souvient. Félix s'est éteint comme une bougie qui n'a plus de mèche. Lui qui était si brillant, si flamboyant. Je le revois avec Rosette, marchant dans les jardins des Champs-Élysées, pouffant chez Maxim's, ramenant triomphalement sa tribu à Alexandrie, dans la grande maison de la rue Rassafa. Claude, ces images m'étreignent. Aujourd'hui, je ne saurais même pas dire où se trouve sa tombe. »

15

La robe

La lettre date d'avril 1946, Dan écrit à Claire, sa mère. Elle se trouve à Londres avec Claude, qui y vit depuis peu. Lui est à Paris, à Lyon, à Bourbon-Lancy, à Moulins, dans l'autorail de 9 h 33, à l'hôtel des Princes de Marseille, « très respectable mais qui a certainement été un peu borgne pendant l'Occupation », dans ses comptes, « hôtel à 700 francs par jour (tout compris) avec viande à tous les repas et fine à l'eau le soir », billet de chemin de fer à 300 francs, nourriture à 1 000 francs par jour, chambre à 250 francs. « Et je pourrais économiser un peu sur les victuailles, comptons étroitement 650 francs, ce qui nous ramène à 4 000. La situation n'est pas désespérée.

Les cigarettes gauloises coûtent 100 francs le paquet. Je fumerai moins. » Il réclame des « picaillons » à sa mère. Justifie ses dépenses. Décrit le menu de la brasserie (sole et côte de porc et glace et café, 500 francs pour deux), ses heures dans les wagons fatigués du chemin de fer, ses nuits sur des matelas rappelant « le plissement alpin ». Toute une France fatiguée, pas brillante, pas bien riche, une France qui tente de faire bonne figure dans ses immeubles poussiéreux, ses meubles démodés, sa mauvaise conscience aussi. À Marseille, pour aller chercher sa fiancée dans le bateau, Dan obtient de l'employé du port un laissez-passer d'accès au quai d'accostage d'Héliopolis « grâce à un paquet de cigarettes ».

Entre deux calculs, il précise à sa mère : « J'ai réservé ta chambre au Scribe. Gillet m'a dit qu'il n'y aurait pas avalanche de touristes et comme il connaît son métier, on peut lui faire confiance. » L'hôtel Scribe, Sofitel cinq étoiles aujourd'hui, même standing à l'époque. Qui est ce Gillet ? Le directeur ? Le concierge ? En tout cas, la famille le pratique, elle fait partie des bons clients, depuis le début du siècle peut-être.

En 1946, je ne comprends plus rien. Cette période est un mystère. Je me figure sans difficulté celle d'avant, les fastes d'Alexandrie, le narcissisme de Rosette, le bel esprit de Claire, le rayonnement de Claude, les fêtes, la plage, le Sporting, les jolies voitures et les vanités. Mais je ne parviens pas à imaginer les pérégrinations de mes personnages en Europe dans cet immédiat après-guerre. D'un côté, Dan qui fait des calculs d'apothicaire. De l'autre, sa mère qui réserve au Scribe comme d'habitude. La famille est-elle encore riche ? Reste-t-il quelque chose de l'énorme dot de Claire de Menasce ? Tout a-t-il été dépensé ? Ces gens courent-ils vers la dèche en refusant de la voir, accrochés à un monde perdu ? Leur grande époque serait-elle derrière eux ?

En tout cas, à l'automne de cette année 1946, Claire emmène Claude à Paris chez Jean Dessès. Preuve qu'il doit rester quelque argent, la mère veut offrir une robe à sa fille. Monté à Paris dès 1937, l'ancien camarade de Claire au Lycée français est devenu une étoile de la haute couture. Il dévale l'escalier en courant. « Ma chérie, tu n'as pas changé ! » « N'exagère pas, voyons, je vieillis comme tout le monde… » « Pas du tout ! » Claire sourit. « Mais bien sûr que je vieillis, c'est ton humour qui n'a pas pris une ride ! » Claude regarde autour d'elle, les moulures au plafond, les lampes dorées, les guéridons juponnés. « C'est joli ici », dit-elle. « Oui, oui, c'est mignon mais beaucoup trop petit », répond le couturier sans même la regarder. Il se tourne vers Claire, chuchote sur un ton de comploteur : « Ce n'est pas encore signé, mais bon, je te le dis à toi : j'ai trouvé un hôtel particulier avenue Matignon, celui de Gustave Eiffel, figure-toi, et je vais m'y installer... » Ils se mettent à cancaner sur tel ou tel d'Alexandrie : « Et tu as des nouvelles des... ? » « Pas possible ! » « Si, si... » « Je n'aurais jamais cru, des gens si fréquentables... » Claude attend que cela se passe, elle s'ennuie. Enfin, vient son tour. Arrive Guy, l'assistant de Dessès, mètre ruban autour du cou, pique-épingles à la main. Claire connaît Guy Laroche, c'est le chéri de Jean. On prend les mesures, on discute formes et tissus, on fixe une date pour le premier essayage.

Claude est-elle une élégante, une reine du style comme sa mère et sa grand-mère ? Pas sûr. Dans les albums, je ne trouve par exemple pas une seule image d'elle dans l'un de ces déguisements que ces deux-là adoraient. Ou plutôt si. Il existe un cliché de Claude en 1946, jouant la Praxinoé de l'Idylle XV de Théocrite, dans un drapé de toute beauté. Sauf qu'à la place de la photo dans l'album, il y a un trou. L'image se trouve désormais dans *Alexandria. City of Memory*, de Michael Haag. D'autres ont exploré les albums avant moi. Pour les tenues de Claude au quotidien, je manque de documentation. Une photo d'elle vers dix-huit ou vingt ans la montre avec une robe à carreaux pris dans le biais, manches ballons et col Claudine, peu flatteuse. Une lettre de Dan résume la garde-robe de sa sœur : « Je vois admirablement Claude un peu dépaysée par l'ultra-chic de Paris mais tout à fait dans son élément parmi les chaussures sport, les tailleurs plus ou moins utility, la bière et la Tower of London. » Pas très charitable.

Il y a chez mon futur père cette intolérance du jeune homme sûr de lui. Il a son mot à dire sur les choix de sa sœur, ne s'en prive pas et l'affaire est vite pliée. Claude, qui travaille aux approvisionnements de la Royal Navy stationnée à Alexandrie, est tombée amoureuse de son chef de service, Tim Forde. Inadmissible. Encore une lettre à Claire. Celle-là, j'aurais préféré ne pas la trouver. Comment qualifier ce qu'on y lit ? Un jeune morveux qui donne des leçons avant même d'avoir démarré dans la vie à propos d'une gamine trop vaniteuse qui s'apprête à gâcher la sienne ? Je ne veux pas imaginer Claude comme ce méchant courrier la dessine, mais trop tard, j'ai lu.

Voici donc Claude vue par Dan : « Je suis navré de voir une fille ravissante, intelligente et bien élevée (pardonne ce bourgeoisisme), à qui s'ouvre un avenir des plus riants, s'abaisser (car c'est le mot juste) à Tim Forde. Comme tu le dis, il a des qualités indéniables mais, à mon avis, il a quatre énormes défauts : 1) il a quarante ans bien passés ; 2) il est marié (et, tu le sais, le divorce est une des rares choses que je n'admets pas) ; 3) il est mal élevé ; 4) il n'est pas, de par sa nature, un intellectuel, alors que Claude, malgré ses protestations, l'est. As-tu remarqué comme Claude cherche à dénigrer et à diminuer tous ses "accomplishments" qui ne sont pas pratiques ? Comme elle recherche d'une façon exagérée le mode de vie et d'expression de Tim, c'est-à-dire plébéien à outrance ? »

Comme il y va… Emphase et outrance, l'arrogance de classe par-dessus le marché. Poursuivons. « Tim, comme tous ses devanciers, a réussi à prendre Claude par son défaut capital : l'orgueil. Mais il a été particulièrement habile : car là où les autres lui faisaient sentir surtout sa beauté, son intelligence et le charme puissant qu'elle a, lui a fait à Claude (discrètement, bien sûr) un portrait où elle voit ses qualités mentales louées, flattées et exagérées : c'est Tim qui lui a montré ses aptitudes commerciales et, disons-le, mathématiques ; d'où passion. » J'étais mal à l'aise en lisant cette lettre mais, parvenue au passage de l'équation « mathématiques égale passion », je me suis détendue. L'amour sur tables de multiplication, de longues soirées d'additions-soustractions les yeux dans les yeux... Dan, lui, ne plaisante pas. Du haut de ses dix-neuf ans, il prophétise : si cet engagement devait aller jusqu'au mariage, « ce serait une catastrophe ». Ah oui ? Pour le moment, tout va bien. Tim a trouvé en Claude une bonne fille sympathique, elle apprécie qu'il la regarde comme ça, elle aime jouer à la marchande avec le ravitaillement de la Navy, sait qu'il a une femme et des enfants quelque part en Angleterre et se dit qu'on verra bien.

Deux mois après leur première visite, Claire et Claude sont de nouveau dans les ravissants salons de Jean Dessès pour l'essayage. La robe est jolie comme tout. Claude passe derrière le paravent, fait glisser le vêtement, bras droit, bras gauche, se retourne pour que l'habilleuse puisse fermer la vingtaine de boutons du dos. « Tenez-vous bien droite, mademoiselle. » Claude sent que ça tire derrière. « Si je puis me permettre, mademoiselle, pourriez-vous rentrer davantage le ventre ? » Cinq longues minutes. Les boutons ne sont toujours pas boutonnés. « Je ne comprends pas, marmotte l'habilleuse entre ses dents, il y a un problème, pardonnez-moi, mademoiselle, c'est la première fois que cela nous arrive. » L'employée est très embêtée. Guy Laroche déboule : « Que se passe-t-il ? » Claude est là, la robe à moitié mise, muette. L'habilleuse se lance d'un ton mal assuré : « Monsieur Guy, je crains que les mesures de mademoiselle n'aient été mal prises. » « Comment ça, mal prises ? glapit Laroche. Je les ai relevées moi-même ! » Au cri du chéri du patron, tout l'atelier est descendu. Des couturières en blouse bleue chuchotent entre elles tandis que la « première du flou » tente de faire de la discipline : « Allez, allez, au travail ! » L'assistant est de plus en plus hystérique, il tourne en rond, se lamente, et Jean qui est absent justement aujourd'hui, lui qui ne tolère pas le moindre défaut dans un vêtement, quel malheur… D'un coup, il s'arrête. À l'habilleuse : « Combien manque-t-il à la taille ? » « Deux centimètres, monsieur. » « Deux centimètres ? Mais c'est énooorme, ça ! »

Assise sur un pouf en velours rouge, Claire assiste à la scène sans un mot. Puis elle se lève, fait trois pas vers sa fille, la regarde dans les yeux et lui dit : « Tu vas peut-être m'expliquer ? »

16

Moi, Claude

Comment avons-nous débrouillé cette affaire de robe, finalement ? Je ne me souviens plus si on l'a prise ou pas, si nous l'avons laissée en attendant que Jean Dessès tranche. J'ai un vague souvenir de ma mère entortillant une explication autour d'une prise de poids, d'un problème de santé et je vois encore Laroche qui pense : « Mais bien sûr, prenez-moi pour un benêt… »

Que s'est-il passé ensuite ? Nous marchons, nous cherchons un taxi ; Claire cavale, elle est furieuse mais moi aussi. J'ai du mal à suivre le rythme, je halète derrière elle. « Si tu crois que c'est drôle pour moi d'avoir été exhibée devant tout l'atelier, mesurée, scrutée, c'est le cas de le dire, sous toutes les coutures ? » Toujours devant, ma mère lâche sans même tourner la tête : « Je ne pense pas que ce soit le moment de faire de l'esprit... » Le mot me rend folle, je cours trois pas, je l'attrape par le bras, elle sursaute, s'arrête. Nous nous regardons. Un blanc. Je baisse d'un ton. « C'est très gentil de vouloir m'offrir cette robe mais cette scène, là, c'était humiliant, j'ai d'autres soucis, tu sais. » Un soupir. Nous reprenons notre trajet, tranquillement cette fois. Je me rappelle un banc où nous nous sommes assises. Claire a dit : « Alors, ces soucis, on en parle ? »

Je suis enceinte de trois mois. « Voilà, maman, j'attends un enfant. » « Tim Forde est le père ? » « Oui, évidemment. » « Et que comptez-vous faire ? » « Comment ça, ce que nous comptons faire ? » « Enfin, ma chérie, tu comprends bien que vous ne pouvez pas rester comme ça, Tim est marié, il faut qu'il divorce et qu'il t'épouse. » Ces impératifs m'exaspèrent, il faut, il faut, il faut... « Tim fera ce qu'il voudra, ce n'est pas moi qui vais lui demander quoi que ce soit. » « Comment ça, pas toi ? Mais qui, alors ? » Personne. Ma mère tique. Elle va dire quelque chose mais non, elle se lève et nous repartons en silence.

Faire une scène à Tim ? Lui poser un ultimatum ? Alors qu'il est si gentil avec moi, que nous nous entendons si bien ? Je sais ce que la famille pense de lui. Il est banal, trop vieux, pas brillant, pas mondain, pas comme eux. Justement ce qui me plaît. Et puis, n'exagérons rien, Tim Forde n'est pas un soldat rencontré un soir d'ivresse dans un bar à marins ; c'est un gradé, il était responsable des approvisionnements de la flotte de Méditerranée pendant la guerre. Un gros poste. Certes, il a une femme. Elle est en Angleterre, ils ne se voient plus depuis des années, ses fils n'ont pas l'air de lui manquer beaucoup. Il finira bien par trouver une solution, je ne m'inquiète pas. Là, maintenant, il me dit qu'il m'aime, il va nous rejoindre à Londres, je lui fais confiance et tant pis si ça déplaît... Même si le divorce n'arrive pas tout de suite, est-ce grave ?

Dans ma famille, règne le deux poids, deux mesures. Quand Claire est née, il me semble que Félix et Rosette, ses parents, n'étaient pas très mariés. Aujourd'hui, Jacques et Claire, mon père et ma mère, ne s'entendent plus, ils mènent leur vie à part, cela ne fait pas débat, c'est accepté. Que ma mère ait un amant l'est aussi. Cerise sur le gâteau, tout le monde le trouve charmant. Ce commandant Howell, je l'ai présenté à Claire pendant la guerre quand je n'étais qu'une sténo-dactylo sans grade mais vu mon milieu, il a dû penser qu'une telle introduction n'avait rien de déplacé. Herbert Ray Bond-Howell, tellement populaire parmi les marins que ses troupes l'appelaient Sunshine. Un jour où il était question de lui à la maison, j'ai eu un trou de mémoire, comment l'appelle-t-on déjà ? Rayon de quelque chose ? J'ai trouvé Moonbeam, rayon de lune... C'est resté. Je n'ai rien contre Moonbeam mais lui aussi a une épouse. Pour qu'elle accepte de le lâcher, il lui a transféré sa pension de retraité de la Royal Navy. Rien que ça. Tim, lui, n'a passé aucun arrangement bizarre avec sa légitime.

Nous nous sommes installés à Londres dans une maison de briques au 303, Old Brompton Road, un quartier de petits employés, modeste. Je me souviens de Claire venant pour la première fois, en principe pour admirer Diana, mon bébé, mais rien qu'à sa mine, à une sorte de gêne, je pressens une tuile. « Tim n'est pas là ? » « Non, il est sorti faire une course. » « Ah, très bien... » Ma mère, d'habitude si à l'aise, se tortille sur sa chaise. « Voilà. Je suis allée voir la femme de Tim. » « Pardon ? » « Oui, je suis allée la voir pour lui demander de divorcer. » Là, elle lâche un soupir de soulagement, du type « le plus dur est passé, ça y est, ouf ». Cette nouvelle me sidère. « Tu as fait ça ? Sans m'en parler ? » La Claire sûre d'elle, celle qui m'est familière, reprend le dessus. « Oui, j'ai fait ça sans t'en parler et j'ai eu bien raison car tu m'en aurais empêchée. » Là, je crie. « Comment ça, je t'en aurais empêchée !? Évidemment, je t'en aurais empêchée ! Tu entends ce que tu viens de dire ? Tu ne peux pas te mêler de tes propres affaires ? » Je suis hors de moi, le souffle me manque, je m'effondre en larmes.

Claire attend que l'orage se calme, sort un mouchoir brodé à ses initiales d'un sac à main en crocodile, me le tend. D'un ton posé, elle affirme : « C'était une très bonne décision puisque j'ai obtenu son accord. » Je sèche mes yeux. « Son accord ? Tu as eu son accord ? Et par quel moyen ? » « Je lui ai donné de l'argent. » « Oh, non ! Tu as osé ? » « En effet. Et elle avait l'air très contente de se débarrasser de son mari à bon prix. »

Finalement, Tim et moi, nous nous sommes mariés à Londres.

J'ai adoré cette ville et pourtant, maintenant, j'ai un mal fou à y être heureuse. Mon frère Dan doit penser que je suis bien trop orgueilleuse pour l'admettre, il n'a pas tort mais tant mieux si l'orgueil me soutient, me permet de tenir le coup, de faire bonne figure, de m'agiter sur n'importe quoi, tout plutôt que se laisser aller. Ne donner à personne une occasion de lâcher : « Je te l'avais bien dit… » Londres est tellement sombre, triste. Je me dépêche de rentrer, Diana se tortille dans son landau, c'est bientôt le moment du biberon, pourvu que Polly ne soit pas là, elle la laisserait hurler en prétendant qu'un bébé doit être réglé comme une horloge… C'est bien une idée de ma mère de nous l'avoir envoyée, pour nous aider soi-disant… En réalité, pour me contrôler. Heureusement, ce dragon britannique n'habite pas chez nous. Elle a trouvé une pension dans l'un de ces couvents catholiques qu'elle adore, entourée de nonnes, de prières, tout ce qu'elle aime. La bigoterie ne s'arrange pas en vieillissant. Coup de chance, il lui faut une heure de trajet pour arriver chez nous, et comme elle n'est plus très jeune, elle réfléchit avant de se lancer. C'est presque drôle.

En fait, non, rien n'est drôle. Les files d'attente devant des épiceries miteuses, les manteaux rapiécés, les chaussures fatiguées, les pénuries de pain un jour, de lait le lendemain, les galets de charbon, le poêle qui peine, les chambres glaciales, les serviettes qui ne sèchent jamais… À Alexandrie, la guerre ne m'angoissait pas. Au contraire, elle m'avait libérée. Chaque tri de listes de fournitures au milieu de tous ces militaires, chaque visite de hangars de stockage avec un gradé, chaque rapport à taper me donnaient de l'autonomie. Je voyais tous les jours les cuirassés à l'ancre dans la rade mais le conflit me paraissait loin, irréel. Ici, à Londres, je sens sa présence en permanence. Dans notre rue, deux maisons plus loin, un tas de ruines. Une bombe est tombée là. Je croise des gamins, je les vois se faufiler sous les barrières, escalader ces montagnes de gravats. Tout un monde est mort sous ces murs écroulés, dans ces paysages dévastés. Ces gens qui peinent le long des rues le dos voûté, la tête rentrée dans les épaules en remontant le col d'un pardessus élimé, ils avaient des espérances, des désirs, de la joie. Fini tout ça. Ils se traînent maintenant dans la lumière grise.

Moi aussi, j'ai laissé de la légèreté derrière moi. Ou plutôt, je l'ai empaquetée là-bas comme une vieille robe abandonnée. Le temps des falbalas était terminé. Je n'avais aucun doute sur mon départ. Étions-nous dans le salon, dans la chambre de Claire, dans le *den* de Jacques ? Je ne sais plus. Je ne me rappelle que les phrases. Moi qui affirme : « J'aime Tim Forde, nous allons nous installer ensemble en Angleterre, que cela vous plaise ou non. » Claire qui réplique : « Ah oui ? Tu en es certaine ? Tu te vois vivre sans aide, sans domestiques, tenir une maison ? Tu penses que tu pourras ? C'est une autre affaire de recevoir ses amies pour un après-midi dansant, ma petite fille... » Ce « ma petite fille » est de trop. J'explose : « Oui, je pourrai et mieux encore, cela me donnera du plaisir parce que moi, j'aurai quitté Alexandrie de mon propre chef, en toute lucidité, sans avoir été chassée par l'Égypte comme vous le serez un jour ! Vous ne voyez pas que nous ne sommes pas chez nous, que cette ville ne nous appartient plus si elle nous a jamais appartenu ? N'avez-vous pas compris que vous aussi vous partirez ? » Écroulé dans un fauteuil, Jacques me fixe, une incompréhension dans les yeux : « Voyons, ma chérie, ne t'énerve pas... » Je m'énerve au contraire, je veux m'énerver, je sens une énergie mauvaise bouillir en moi, monter, me souffler les mots pour l'emporter dans cette discussion, pour gagner ce combat alors que mes parents, interloqués, ne prononcent plus une parole. Je leur assène : « Vous partirez contraints et forcés ! » Un silence. Claire s'assoit. Elle me regarde puis me dit : « Je sais. »

Je repense à ce moment, assise par terre au milieu du salon étriqué de notre maison. Tout est étroit ici, les pièces, l'escalier, les chambres empilées sur deux étages. Nous vivons dans une tour carrée mais sans l'échauguette pour voir au loin. J'ai décroché les rideaux, un vieux chintz à fleurs marron, plein de poussière. L'amas de toile s'entasse sur mes genoux, je fouille pour décrocher les anneaux pris dans les plis. Toute cette saleté, c'est dégoûtant. Je vais essayer de trouver un tissu gai, Tim va me dégoter ça quelque part, une étoffe un peu claire, ça va donner du jour dans la pièce, du soleil… Le soleil. Tout à coup, emmitouflée dans mes deux pulls, sous la lueur blafarde de l'ampoule qui pend du plafond, la sensation perdue de la chaleur sur la peau, l'image de l'éclat sur le sable, du scintillement des vagues, de la ville blanche éblouissante, toute cela me submerge. Les sanglots sont ma défaite. Je m'étais tellement convaincue d'être partie sans l'ombre d'une question, sans nostalgie, sans le moindre doute sur l'avenir. Je me croyais plus forte que tout le monde. Alexandrie me rattrape.

*

« Claude, te souviens-tu de la mort de Rosette ?

– Oui, très bien. Tim est rentré un soir de 1950 avec un télégramme dans la main. Rosette avait eu une crise cardiaque la nuit précédente dans sa chambre du Scribe à Paris. Fritz Katz était dans le même hôtel, il était monté à toute vitesse, il l'avait trouvée morte. C'est curieux, le destin... Elle qui avait quitté Paris depuis si longtemps, finalement, elle meurt dans sa ville natale, comme ça, alors qu'elle est en visite. En même temps, mourir au Scribe, on ne fait pas plus chic. Rosette a réussi sa sortie. Jean a célébré la messe d'enterrement dans une grande église au carrefour d'Alésia. C'est la dernière fois que notre famille a été réunie et cela s'est passé dans ce quartier qui ne signifiait rien pour aucun d'entre nous. L'enterrement a eu lieu dans le parc du Saulchoir, le couvent des Dominicains où Jean vivait, à Étiolles, dans la campagne au sud de Paris. C'était un endroit très joli avec un petit château. Je ne crois pas que les religieux avaient l'habitude d'inhumer leurs parents dans leur cimetière de moines mais Jean était quand même un personnage important et l'Ordre ne lui refusait sans doute pas grand-chose. Au fond, c'était une bonne décision. Si Rosette avait été enterrée à Alexandrie, qui sait dans quel état serait sa tombe aujourd'hui ? Les cimetières des étrangers ont été laissés à l'abandon, dévastés, pillés parfois. On n'y retrouve plus rien. Quelle tristesse...

— Claude, je n'ai pas non plus retrouvé la tombe de Rosette. Les Dominicains sont partis du château d'Étiolles. Là-bas, aujourd'hui, il n'y a plus que des herbes folles. »

17

L'errance

Suffit-il de comprendre que l'on n'appartient pas à un lieu pour se découvrir des racines ailleurs ? Moi, Claude, j'ai quitté Alexandrie avec la moitié d'une certitude : l'évidence du départ. La fin d'une supercherie qui aurait fait de moi, de nous, quoi donc ?... Pas des Égyptiens. Pas des Alexandrins non plus sauf à considérer Alexandrie comme notre créature, une chimère que nous seuls Européens aurions fait naître, sortir de siècles d'ombre. Quelle arrogance... Nos palais, nos richesses, nos fêtes, notre argent, nos cancaneries, nos coucheries. Qu'en restera-t-il ? Si ma vie s'était déroulée dans le droit fil de l'ancêtre Yacoub, si j'avais été la fille, la petite-fille de ces juifs-là, seulement de ceux-là, ceux du Maroc et d'Alep, ceux dont les filles s'appelaient Semha, Allegra, Gamilla, Esther ou Fortunée, peut-être me sentirais-je légitime en Égypte. Dans mon paysage mental, il y a l'Angleterre, la France, un judaïsme effacé. Je pense en anglais, en français, en italien parfois et des expressions arabes me viennent. Je ne me fais pas d'illusions. Personne ne m'a enlevé mon pays.

Je suis partie pour en trouver un. Quand mon frère Dan s'est marié, il s'est installé à Paris. « Je suis français, je retourne en France, c'est mon pays », disait-il. J'aurais aimé être aussi sûre. Lorsque j'ai rencontré Tim à Alexandrie, il n'était pas non plus chez lui. La guerre, l'armée… Mais ensuite ? J'ai cru qu'en nous établissant à Londres, nous revenions à la maison. Mais non. Tim était un errant, un voyageur. À Londres, il n'est pas plus heureux que moi, il végète. « Nous allons quitter cette ville, j'ai une possibilité à Cork, en Irlande, un pub que l'on me propose de reprendre. » « Un pub ? » « Pourquoi pas ? » Tim était né à Cork, alors oui, peut-être pourrions-nous fixer là un point d'ancrage, dans un lieu où nous ne serions les intrus de personne.

J'ai aimé l'Irlande. J'étais subjuguée par sa beauté. Et effarée par la pauvreté, le sort de ces familles où les enfants étaient si nombreux, si fragiles, si souvent malades. Ces morts de bébés pleurés au comptoir, ces tuberculoses soignées par la prière, acceptées comme une fatalité. Combien ai-je écoulé de stouts, de pintes remplies à ras bord pour des clients braillards, joyeux, chantant fort, dansant la gigue en sautant sur un pied. Pour ceux aussi qui sombraient dans un coin, noyés dans leur chagrin. J'ai vu des bagarres, des coups dans la figure, des retrouvailles pleines de cris. J'ai entendu des confidences de femmes enroulées dans des châles, le tablier serré, les bottes boueuses. J'ai écouté tant de fois leurs plaintes sur le Paddy ou le Donny ou le Billy qui boit trop, les frappe aussi. Elles me supplient de ne plus le servir. Lui débarque une heure plus tard, tenant à peine sur ses jambes, s'appuie au comptoir, me regarde avec un air de chien triste, joue l'accablé puis l'offusqué parce que je ne le sers pas : « C'est pas gentil ç'que vous m'faites là, j'vais pleurer et puis non, j'vais me fâcher, faites attention à vous parce que si j'me fâche, si j'me fââââche… » Il me pointe du doigt, chancelle et s'écroule par terre. Je n'arrive même pas à être en colère.

Ces gens me touchent. D'emblée, ils m'ont appelée Mrs O' parce que, dans leur esprit, comme toutes les Irlandaises, je m'appelais forcément Mrs O'Something. Mrs O', c'est plus poli que rien du tout quand on ne connaît pas le nom complet. Avec ce Mrs O', ils m'ont inscrite dans leur communauté. Je me suis imaginé être des leurs. Combien de temps ai-je cru à cette fable ? Tous ces destins de misère, ce fatalisme face à ce Dieu dont ils invoquent sans cesse la volonté, même si elle leur enlève un enfant, un mari, une épouse, pourrais-je jamais me sentir partie prenante de cela ? J'ai vite su que non. Ils m'apportent leur vie, leurs récits. Je note une histoire sur un bout de papier pour m'en souvenir. Puis deux, puis trois. J'apporte un carnet. Je compile. Au fond, je les observe, je les regarde de dehors et plus je me nourris de ces vies, plus je m'en éloigne.

À sa façon, Tim est pris dans le même mouvement. À notre arrivée, il était tout feu tout flamme. « Nous sommes sur le meilleur emplacement possible, rends-toi compte, juste au début de Grand Parade, la rue principale de Cork, la plus passante. Nous allons avoir une sacrée clientèle, crois-moi… » De fait, on voit du monde, des clients en nombre mais pas beaucoup de poches pleines. « Est-ce que je peux vous payer la semaine prochaine, Mrs O' ? La semaine prochaine, je vous jure, sans faute… » Je ne vais pas lui refuser ça, le pauvre bougre, la vie est déjà assez dure pour eux. Quand il entend ce genre d'échange, assez fréquent il faut bien le dire, Tim devient fou. « Comment ça, tu vas lui faire crédit ? Tu veux nous couler la boutique ? Pour nous aussi, c'est dur, qu'est-ce qu'ils s'imaginent, tous ces soiffards ? Pas d'argent, pas de pub, pas de pintes, rien ! » Le coup de colère se passe. Je profite de l'accalmie pour lui faire remarquer que si nous appliquons cette règle à tous nos clients, nous n'allons plus en avoir beaucoup. Tim le sait. Faire de l'argent est son idée de la réussite. Dans cette pauvre Irlande du lendemain de la guerre, le calcul des bénéfices est vite fait. « Notre destin n'est pas ici », souffle-t-il.

Nous sommes partis pour l'Australie. Tim dirige les docks de Sydney, « une opportunité exceptionnelle, on n'en a pas deux comme ça dans une vie, je ne vais pas la laisser passer », répète-t-il en boucle. L'Australie n'est pas mon idée de la Terre promise mais, à nouveau, pourquoi pas ? Pour ce qui le concerne, Tim a vu juste dans son analyse des possibles. Chaque journée de travail est une exaltation. Pendant ces mêmes heures, je m'ennuie. Nos voisins sont tous sur le même modèle. Des Britanniques importés, trop roses pour le soleil, sans autre conversation que le récit de leur réussite professionnelle, leur nouvelle maison, leur barbecue, leur voiture, leur chien. Des commérages de femmes au foyer dépressives, des vociférations de grands baraqués après un whisky de trop. Dans mes bons jours, je les trouve distrayants. Dans les autres, ils m'exaspèrent. Encore une fois, je remplis des calepins de descriptions, d'anecdotes, de détails surprenants en espérant que cette accumulation désordonnée me servira au moins à ne pas sombrer dans la morosité.

Pourtant, un jour, tout cela prend forme. Par surprise. Une vérité m'apparaît, limpide, tellement claire que je me dépêche de l'écrire avant de l'oublier : « Ici, il n'y a pas de classes du tout : des gens riches, des gens moins riches mais les mêmes gens, avec les mêmes codes de conduite, les mêmes distractions, les mêmes goûts, les mêmes préjugés et le même accent à tous les niveaux de richesses. » Ils font bloc. Comme si l'individu n'existait plus. Pourquoi ? J'ai une hypothèse : « C'est dû à la taille et à la force du paysage qui contraint les hommes à s'unir dans une forme inconsciente d'autodéfense, à devenir un peuple homogène. Dans leur arrogance, il doit y avoir un élément d'anxiété ou d'insécurité : ils travaillent dur à renforcer un conformisme absolu tout en prêchant la liberté. Celle des fourmis et des abeilles... » C'est évident : ces Britanniques devenus australiens flottent au-dessus du sol, posés là sans lien avec rien de ce qui les entoure, sans même la perception de la puissante nature autour d'eux.

Comme à Cork, la position de l'observateur me sauve, elle m'épargne les questions. Toutefois, c'est une faible barrière. Je n'arrive pas à me mentir efficacement. Suis-je si différente de ces gens ? J'ai lu plus de livres, c'est sûr. Mais certains soirs, moi aussi, j'ai un whisky de trop. Je les juge. Quelle est ma place ici ? J'ai quitté Alexandrie dans la posture morale du juste qui s'efface, pardonnez-moi d'avoir occupé la place pendant toutes ces années, je ne vais pas vous déranger plus longtemps... Et là je débarque dans un pays pire encore. Étrangers à leur arrivée, mes voisins regardent de haut les nouveaux venus qu'ils méprisent. Je note : « Ils détestent tout ce qui est différent comme s'il s'agissait d'une réflexion sur la perfection de leur société. »

Ma collecte d'impressions et de saynètes est un passe-temps pour écluser l'ennui et le cafard. J'en remplis des dizaines de petits cahiers. Mais à Sydney, cela va plus loin. Je n'éprouve pas seulement cet éclair, cet instant lumineux où je réussis à mettre des mots sur l'étrangeté de mon voisinage. C'est ma façon de jouer avec ces mots qui change. Est-ce à cette époque-là que j'ai commencé à écrire, à tâtonner en bordure de la littérature ? Mes phrases prennent une autre tournure. Je ne m'agace plus seulement de la supposée bonne nature de l'Australien blanc. J'essaie de formuler ce pays au plus juste. « Quand nous marchons dans la forêt, je me sens quelque part plus proche de l'Aborigène malgré sa laideur et son déclin. J'ai le sentiment que la terre elle-même, l'énorme continent, pleurent le passage des sombres petites tribus, irrités par ces peuples rose clair qui grattent sa surface ici et là, oublieux de ses haines contenues, de sa dramatique menace. » Je croise parfois le regard d'un membre de ces tribus d'origine, de ceux qui ont été là de toute éternité, et me remonte celui des Nubiens de la Haute-Égypte, de ceux que nous non plus, à Alexandrie, nous ne regardions pas.

À Sydney, en 1949, je donne naissance à Barry, notre deuxième enfant. Deux ou trois ans plus tard, je reçois un matin une lettre de Fritz Katz. L'un de ses amis vient d'acheter un hôtel à Tel-Aviv, le Dan. Il cherche un directeur. Tim serait-il intéressé ? Cette lettre m'assène un coup sur le crâne. Bien sûr que non, Tim ne sera pas intéressé, il veut trop s'incruster en Australie, ce pays sans question et sans chichi qui lui va comme un gant. Depuis des mois, j'essaie de me convaincre que ce désir est aussi le mien, et là, en lisant ces quelques lignes, tous mes efforts s'écroulent. Entre les pattes de mouche du Dr Katz, la Méditerranée s'infiltre, gonfle, me saute au visage. Une envie brutale d'être sur ce rivage-là me prend aux tripes, violemment. Les côtes de l'Égypte, de la Palestine, d'Israël maintenant, les orangers de l'oncle Georges sur les collines d'Haïfa, les équipées à Beyrouth, tout cela uni par la même mer, la même lumière, les mêmes parfums dans le vent du large. Mare Nostrum, disaient les Romains. La mienne.

Tim cède. Il quitte l'Australie avec des pieds de plomb, passe le voyage retour à ronchonner. Je me sens renaître. Nous voilà à Tel-Aviv. Tim prend les manettes de cette ancienne pension dont les nouveaux propriétaires veulent faire l'un des fleurons hôteliers du jeune État d'Israël. Sans doute orientés par Fritz Katz, les mêmes me confient les relations publiques du nouvel établissement. Mon origine, ma famille ont certainement quelque chose à voir avec ce choix, je ne me berce pas d'illusions. Tim vit assez mal ce retour à l'ambiance d'Alexandrie. Lui, le tâcheron besogneux, à peine considéré. Moi, la péronnelle virevoltante, étincelante dans les mondanités. Tout cela n'est que dans sa tête, je n'ai aucune prétention à l'étincelle et l'ambiance austère et bâtisseuse du jeune État évoque peu la langueur alexandrine. Je lui dis qu'il se trompe, il réplique que non, nous tournons en rond, il m'exaspère, ma voix monte dans les aigus, la sienne tonne dans les graves, les enfants nous regardent avec des yeux ronds, l'un des deux se met à pleurer. Quand ce n'est pas les deux. « Et voilà ! Regarde ce que tu as fait... » « Ce que j'ai fait ? Et toi, tu n'as rien fait, peut-être ? » Et ainsi de suite, de plus en plus souvent.

Israël est une Méditerranée particulière. Je l'ai compris dès le jour de notre départ. Nous, les passagers des cabines, étions montés à bord les premiers. Accoudée au bastingage, j'observe ceux qui attendent sur le quai d'accéder à la classe pont. L'excitation de notre nouveau démarrage, de cette nouvelle vie, me semble tout à coup risible. Pour eux, l'enjeu est vital. Aujourd'hui, si je voulais résumer ce que j'ai ressenti alors, j'écrirais : « Je les regardais embarquer, si semblables aux figures dévastées des actualités qu'ils semblaient d'une certaine manière partager l'irréel de la pellicule. Cela me serrait la tripe de revoir la lente et douloureuse file grimper la passerelle, chaque visage anonyme creusé par le désespoir et le désarroi, l'espoir et la foi réduits à une lueur ténue dans les plus jeunes de ces regards sombres. » Je poursuivrais avec le souvenir « de la forte femme qui s'est tenue toute la matinée en haut de la passerelle pour les accueillir, avec sa figure rougeaude, polonaise à coup sûr. Soulageant des bras fatigués de porter des enfants sales, guidant les vieux, les éclopés, les épuisés vers un semblant de confort ». Mais à l'époque, debout sur le pont supérieur devant ce spectacle, je n'ai noté que cette impression : « Comment, au nom du Ciel, peuvent-ils espérer voir sortir et s'homogénéiser une alchimie nationale à partir de ce creuset déjà débordant d'Allemands et de Russes, d'Espagnols et d'Anglais, et de hordes d'Arabes de la rue ? »

Pour réussir son mélange, Israël applique sa méthode, bien éloignée de celle de la voluptueuse Alexandrie. Il y règne une atmosphère de débuts, de construction à marche forcée, de revanche évidemment. L'ambiance attire les aventuriers, les experts ou supposés tels qui s'imaginent en pionniers. À l'hôtel Dan, un couple d'Anglais vient d'arriver, je les salue avec tout l'enthousiasme de ma fonction – « *Welcome to the Dan ! How do you do ?* » – et de grands gestes des bras. Lui est ingénieur dans le pétrole. Il va partir en expédition dans le désert, une mission d'exploration. Je fais l'intéressée. « Il y a du pétrole ici ? »

« Peut-être, me répond-il d'un ton fatigué, on cherche. » Sa femme est une petite personne effacée qui suit son mari. Elle a déjà passé des mois à l'attendre dans l'une de ces bourgades qui poussent comme des champignons pendant que lui bivouaquait à des kilomètres de là, dans les chantiers de forage. Elle me montre des photos. Des cubes de béton collés les uns aux autres, banals, n'appartenant à aucune histoire, à aucune géographie. Tout cela n'est pas très gai.

Au début, raconte-t-elle, toutes ses voisines ne parlaient qu'en yiddish. Elle s'était débrouillée avec trois mots d'allemand pour communiquer un peu. Elle admet sa solitude du bout des lèvres, insiste sur les attentions que certaines habitantes lui réservent aussi, un lekech emballé dans un torchon, posé sur le rebord de la fenêtre… Elle reconnaît que certaines situations ne sont pas simples. Lors de son premier séjour, il y avait dans la maison d'à côté un enfant de cinq ans qui jouait souvent dehors. Un jour, le gamin entre dans son jardin. Elle est en train de biner, elle a les mains pleines de terre. Il la regarde et lui dit : « C'est interdit. » « Pardon ? » « Travailler le jour de shabbat. Tu travailles et aujourd'hui c'est shabbat. » Elle ne veut offenser personne, elle ignorait qu'on ne doit pas travailler le jour de shabbat. La voilà bien embêtée, il n'a quand même que cinq ans. Elle lui répond : « Écoute, je suis une *goyah* et pour moi, shabbat, c'est demain. Tu comprends ? » Il lui fait oui de la tête. Elle reprend son binage en pensant : « Bien joué, c'est réglé. » Sauf que la petite voix reprend : « Es-tu l'une de ces *goyim* qui a massacré les juifs et les a chassés de leurs maisons avec leur famille ? » Elle s'en est sortie en lui racontant une version abrégée de la Seconde Guerre mondiale.

J'entends tout cela et je note, je note, je note…

18

La rencontre

« Dis-moi, Sibylle, tu ne veux pas continuer à ma place ?

— Continuer quoi ?

— Continuer à raconter.

— Pourquoi ? Tu y arrives très bien…

— Mon récit s'arrête là. La suite est ton affaire. L'histoire dans laquelle nous sommes embarquées est bien la mienne et, d'ailleurs, tu as souvent pioché dans mes écrits pour me faire parler. Je les vois, toutes ces citations entre guillemets qui sortent de mes livres, je ne te juge pas, faute de mieux j'aurais fait pareil… Mais maintenant, place à ta quête. Tu es venue me chercher par le chemin le plus long possible, en prenant ton élan un gros siècle en arrière et je comprends pourquoi. Commencer par Rosette, c'est manger le dessert en premier. Ses envies de cocotte, son existence à rebondissements, quels délices... Et tellement de choses à raconter, un vrai panier garni. Claire ensuite. Là encore, un beau personnage, à la bonne époque de surcroît, celle de la mythologie d'Alexandrie, avec un peu de drame quand même, la montée de la guerre, l'engagement qu'il faut, du bon côté, du côté évident. Et le chic, l'élégance. Tu es entrée dans nos vies par les images, les albums, les photos. Tu les as collées sur les historiettes que tu avais entendues et tu as rapiécé tout ça avec l'étoffe dégotée dans ton grenier personnel. Tu n'avais pas grand-chose sous la main, hein ? Je vois tout à fait la manière dont mon frère Dan, ton père, a coupé avec l'Égypte, surtout ne jamais y remettre les pieds, briser net, là, clac, et on n'en parle plus. Mais Rosette et Claire avaient laissé bien assez de traces pour que tu t'en sortes. Puis tu t'es dit, pour Claude, je verrai plus tard. Nous y voici. Maintenant, à ton tour. »

*

Je suis partie à la recherche de Claude sans me le dire. J'ai d'abord été fascinée par la vie de Rosette. Dans le récit familial, Rosette était un personnage fantasque, excessif, pas toujours très sympathique. Assez rarement, en fait. Mais tandis que je creusais son existence en pensant n'explorer que du pittoresque, j'ai découvert que je lui devais l'idée même de mon étrange appartenance mentale à Alexandrie. Comment cette histoire aurait-elle pu commencer sans elle ? Rosette était la porte qui ouvre sur Alexandrie, cette parenthèse enchantée si agréable à raconter, si comique, si plaisante. Je posais des questions à mon cousin Jimmy, à mon oncle Éric, à ma cousine Betty, je comblais les vides à ma manière, je m'amusais. Je serais bien restée là-bas. Maintenant, Claude m'en sort. Elle ferme la porte. Elle m'oblige à la suivre dans ses périples, dans des villes d'après-guerre, des lieux dont je me demande comment les regarder. On ne rit plus, on ne se moque plus. Claude est un mystère. Je peux décrire les étapes de sa vie mais je ne peux pas les expliquer. Elle est partie, s'est éloignée de tous. Je n'ai plus de témoins pour m'aiguiller, me donner les indices, me fournir le substrat sur lequel faire pousser ma narration. À ce moment-là, je suis en panne.

Que sais-je d'elle ? Claude et Tim ont eu deux enfants, Diana, née en 1947 à Londres, et Barry deux ans plus tard, en Australie. De Diana, je ne garde qu'un seul souvenir. En 1967, elle a vingt ans, j'en ai sept, elle est à mes yeux la plus belle fille du monde et j'ai très envie de lui ressembler. Cette année-là, nous passons deux mois de vacances en Jamaïque où mon oncle Éric est en poste pour la PanAm. C'est un voyage exceptionnel, on me le répète tellement que j'en ai gardé des images en pagaille. Mes parents n'emmènent ni mon frère ni ma sœur mais ma cousine Diana. À sept ans, on ne questionne pas ce genre d'arbitrage. Aujourd'hui, je me l'explique. Claude, la mère de Diana, est morte six mois plus tôt. En cette même année 1967, Barry a déjà mis les voiles et embarqué dans la Marine. Il a quitté sa famille au plus vite. Je lui ai parlé pour la première fois sur Skype. C'est dire si le temps avait passé.

Retour dans les années 1950. À Londres, Cork, Sydney et Tel-Aviv, les parents ont déjà pas mal trimballé leurs rejetons. En 1955, escale supplémentaire, voilà la famille à Chypre. J'ignore pourquoi. Peut-être est-ce madame qui, pour une fois, a une opportunité. La Cyprus

Broadcasting Company vient d'ouvrir une antenne en français, elle recrute. Dépendance du Foreign Office de Sa Majesté, cette radio est un outil de propagande sur les bienfaits de la colonisation britannique à Chypre. Claude postule. Elle passe un entretien avec le « directeur de l'information publique », si l'on peut parler d'information. Il s'appelle Lawrence Durrell. Il a quarante-trois ans, est déjà écrivain, doté d'une notoriété réelle mais pas assez solide pour vivre de ses œuvres. D'où un emploi barbant au sein de l'administration des Affaires étrangères. La vue de cette jeune beauté blonde, le regard bleu et conquérant qu'elle plante sans souci dans le sien, lui ôtent toute envie d'échanger sur le profil du poste à pourvoir. « Je vois que vous venez d'Alexandrie. Savez-vous que j'y ai passé mes années de guerre ? » « Vraiment ? Nous avons dû nous croiser alors... Enfin, vous avez dû croiser ma famille parce que pour ma part, j'étais quand même très jeune... » Peut-être Durrell, séducteur complexe et efficace, a-t-il abordé la créature qu'il avait sous le nez en tentant de la déstabiliser un peu, juste pour éprouver ses limites, son humour. Peut-être ont-ils fait assaut d'esprit, se sont-ils lancés dans un concours de limericks... Après tout, dans son imposante correspondance avec l'écrivain américain Henry Miller, Durrell se dit « content d'être irlandais », ce qui est vrai par sa mère, « et d'appartenir à cette race équivoque, un peu pute et entièrement portée sur les femmes », ce qui lui ressemble bien. Claude n'est pas déconcertée très longtemps. Elle se sent étrangement de plus en plus en confiance, finit par évoquer ses éventuels projets de livre : « Cela fait des années que je note tout, je pourrais en faire quelque chose, vous trouvez cela prétentieux ? » « Mais non, pas du tout, au contraire, c'est très intéressant… »

La voilà embauchée. Elle côtoie quotidiennement Larry, comme tout le monde l'appelle. Quand ils échangent, le moindre bout de conversation produit une étincelle dans sa tête. Elle redécouvre le plaisir de penser vite, de répliquer, de rire, d'être brillante. Elle sent son intelligence se rallumer, se voit tomber amoureuse, tous les jours davantage. Le soir, Claude rentre à la maison d'un pas lourd. Chaque discussion avec Tim est plus pénible que la précédente. Toute la gêne qui traînait entre eux déjà à Tel-Aviv, ces irritations, le ton qui monte, l'évitement de la crise par la bouderie, lui les dents serrées pour ne pas exploser, elle butée dans un silence plein de reproches, toute cette ambiance poisseuse à laquelle elle avait fini par s'habituer est devenue insupportable. Larry, avec ses piques acides, ses formules vachardes, sa mauvaise foi assumée, son côté mauvais garçon, rend Tim si terne, si inconsistant.

Le pauvre Tim… À Chypre, il n'a pas de boulot, il déprime, sa femme lui échappe. Il ne peut même plus s'accrocher à l'idée qu'il se fait de lui-même, cette image de brave type pas du genre à perdre son temps en questions oiseuses. Maintenant il les évacue en se servant un autre verre. Quand Claude rentre, il émet un grognement du fond d'un fauteuil. Un soir pourtant, le voilà debout dans l'encadrement de la porte, un sourire narquois aux lèvres, une lettre à la main. Il l'agite sous le nez de Claude. « Devine ce qu'il y a là-dedans… » « Je ne suis pas d'humeur à jouer aux devinettes. » « Oh oh oh, dommage… Cela devrait t'intéresser. Tant pis, je la remets dans ma poche ! » Et là-dessus, il s'en va avec un petit rire. Claude soupire. « Alors ? » « Alors, on me propose de diriger un hôtel à Bombay, bon standing, bonne situation, bon salaire. »

Claude chancelle, la nouvelle assomme. Elle aurait bien envie de répliquer que ce sera sans elle mais Tim est tellement radieux… Ce bel enthousiasme touche son fond de bonne fille qui ne veut peiner personne. Quel bonheur pour lui… Il a cinquante ans, il était au fond du trou ces derniers mois et le voilà content. Qui ne le serait pas ? Mais partir à Bombay ? Comment lui dire non ? En lui racontant la vérité ? En lui gâchant son grand moment, ce redémarrage qu'il n'attendait plus ? Claude n'a pas le courage de parler à son mari, déguise mentalement cette petite lâcheté en tact et s'évite au passage les questions personnelles. L'échec de son couple est une blessure d'orgueil pour celle qui a épousé quelqu'un contre l'avis de parents raisonnables. Tim, lui, virevolte dans leur salon, s'agite, se lance dans des descriptions enflammées d'avenir rayonnant. Il n'attend même plus une réponse, elle ne fait aucun doute pour lui : « Quelle chance, rends-toi compte quelle chance… » Dans la tête de Claude, c'est la tempête. Un reste de sens du devoir, le sentiment de n'avoir pas le choix et, qui sait, sous d'autres latitudes, parfois, un regain d'amour. Ou à l'inverse, là-bas, une rupture plus facile.

Enfin, le mari arrête sa logorrhée, cesse sa petite danse de joie et ses grands mouvements de bras. Il se tourne vers Claude, un rien essoufflé. « Alors, qu'en dis-tu ? » Elle cherche un moyen de ne pas répondre, bafouille un « euh » quand, tout à coup, lui vient une lumière : « Et les enfants, tu comptes emmener les enfants en Inde ? » Lui, outré : « Non, évidemment ! » Claude, cette très jeune femme enceinte trop tôt d'un homme dont elle n'était pas follement amoureuse, est-elle une bonne mère ? À cet instant, la réponse n'est pas évidente. Diana a huit ans, Barry en a six et aucun de leurs parents ne les imagine courant dans les rues de Bombay. Très bien. Mais papa et maman ont une autre solution : ils décident de les mettre en pension à Chypre. Huit et six ans.

Claude se dit sans doute que ce séjour indien sera de courte durée, au moins pour elle, et que les petits ne seront pas en pension trop longtemps. Toutefois, cette affaire de mère me tracasse. Des deux enfants de Claude, Diana, la cousine entraperçue durant mon enfance, est morte en 1997. Pour me parler de Claude dans le rôle maternel, il ne reste que son frère, Barry, l'autre cousin, celui que je n'ai jamais rencontré. Il a soixante-dix ans, vit dans le nord de l'Angleterre, personne dans la famille n'a son numéro de téléphone. Tout juste une adresse mail professionnelle inactive et une autre, se terminant par @googlemail.com. Un ancêtre de Gmail ? Je tente plusieurs variations pour Barry Forde en espérant qu'avec ce « e » final pas si courant, je vais taper juste. Je me présente, je lui explique en deux phrases que j'ai été journaliste toute ma vie mais là, je suis dans une autre démarche. « Une sorte d'hommage à mes ancêtres féminines, à Alexandrie aussi. » Je lui demande : « Accepterais-tu de me parler des jeunes années de ta mère, quand tu étais enfant ? Cela n'a rien à voir avec l'enquête, le témoignage, les citations... Je suis davantage à la recherche d'impressions, d'atmosphères. » Tout cela en anglais. Je présume que nous nous tutoyons.

Et un soir, je reçois : « Chère Sibylle, je dois d'abord m'excuser pour cette réponse tardive à tes mails et à tes appels téléphoniques. » Aucune importance, du moment que je l'ai trouvé et qu'il me répond. Mieux encore : « Ton projet a l'air formidable et si je peux aider d'une quelconque manière, compte sur moi. » Je jubile. Quoique pas longtemps. Ligne suivante : « Malheureusement, pendant la plus grande partie de mon enfance, j'étais soit en pension, soit avec mon père à Londres, et comme maman est morte quand je n'avais que seize ans, le temps que j'ai passé avec elle a été trop court, bien trop court. Mes souvenirs avec elle sont heureux mais probablement un peu minces. » Il serait quand même content d'en parler avec moi. Moi aussi, même si j'espérais mieux. Quelle déception... Je poursuis ma lecture sans trop d'illusions sur la richesse de nos échanges à venir, dans un début d'autopersuasion, sentant monter dans ma tête : « Ce n'est pas trop grave, tant pis, je vais faire autrement, je vais faire avec ce qu'il me donnera. Ce sera toujours ça de pris. »

Puis j'ai lu la suite du mail.

19

Bombay

L'argument des enfants ne tient plus, les mettre en pension rend cet exil en Inde possible et la rupture avec Tim, là, séance tenante, serait d'une cruauté que Claude ne veut même pas envisager. Impensable de se voir comme « l'une de ces femmes-là », le mépris de Claire résonne encore dans sa tête. À Alexandrie, qu'elles soient agressives ou soumises, les femmes de ma jeunesse n'ont pas souvent gagné la partie, se dit Claude.

Voilà le couple dans son salon, Tim se refrénant à grand-peine pour ne pas harceler son épouse, Claude debout sur les freins. Es-tu sûr de ce que ces gens te décrivent ? Comment peux-tu savoir ce que nous allons trouver là-bas ? Tu devrais vérifier, te renseigner avant de te lancer... Pouvons-nous au moins en reparler demain matin ?

Le dîner est silencieux. Pour la première fois de sa vie, Claude a le sentiment de devoir choisir la voie. Ce n'est plus l'enchaînement des circonstances, les occasions dénichées par Tim, les voyages ici ou là, quelle importance puisque je suivrai... L'alternative est la sienne. Soit la vie avec Tim, ce type sans risques et sans surprises, pas même bonnes. Un jour, Claude lui parle de ses envies d'écrire, il lui répond en demandant combien ça gagne. Pauvre gars, pas méchant mais un peu bas de plafond. Larry, en revanche, la prend au sérieux. Lors de leurs premiers échanges, quand Claude lui a décrit ce qu'elle avait emmagasiné à Cork derrière le comptoir du pub, à Tel-Aviv dans le hall du Dan, à Sydney en observant ses voisins, Lawrence Durrell, auteur patenté, s'est exclamé : « Mais vous avez là matière à deux ou trois bons romans ! Vous êtes un écrivain, ma chère... » Écrivain. Ce mot tourne depuis dans son esprit, déclenchant à chaque fois une giclée de plaisir et, dans le même temps, une bouffée d'inquiétude. Tout laisser pour aller vivre avec Larry ?

En 1955, dans leur ancien monde, tous ont déjà dû choisir. L'année précédente, un jeune général inconnu, Gamal Abdel Nasser, a pris le pouvoir en Égypte. La génération des parents, celle de Claire et Jacques, accrochée le plus longtemps possible à l'Alexandrie tant aimée, voit ses membres s'en aller les uns après les autres. Bien des capitaux les ont précédés, expédiés au plus vite vers l'Europe en ce début des années 1950, quand l'emprise des Britanniques sur le pays paraît de plus en plus fragile. On laisse ce qu'on ne peut pas emporter, les palais, les terres, les tombes. Georges, le premier fils de Félix, oncle de Claude, gestionnaire avisé de la fortune héritée de sa mère et grand collectionneur, a initié le mouvement dès le début de la guerre. Il a mis à l'abri des nazis ses collections d'art chinois, de céramiques, de jades en les envoyant à Londres. Mais il est resté à Alexandrie pendant toute la guerre, poursuivant ses concerts du mardi en soutien au moral des troupes alliées stationnées dans la rade.

Enfant, Claude adorait les vitrines de l'oncle Georges, dans la maison de la rue Rassafa. Elle se souvient d'un tout petit personnage de jade vert sombre assis contre un gros pot. C'est minuscule, moins de dix centimètres, mais il a un ventre énorme, tout gonflé. « C'est quoi ce pot, oncle Georges ? » « Une jarre de vin, sans doute. » « Et pourquoi il sourit, le gros monsieur ? » « Parce qu'il a bu tout le vin ! Tu as remarqué le couvercle ? Il est à moitié ouvert… » Claude appuie le nez à la vitrine, scrute. Son personnage préféré est en jade blanc, à cheval sur un crapaud à trois pattes. Georges regarde Claude plisser les yeux. « Je t'ouvre la vitrine si tu veux l'observer de plus près mais on ne touche pas ! C'est un très vieux monsieur, ce Chinois, il a plus de trois cents ans… » « Trois cents ans ?! Je ne touche pas, promis, promis… »

En 1945, la paix revenue, Georges part vivre à Londres, toujours riche, toujours esthète et grand mécène. À la même époque, un jour où Claire se trouve à Paris, elle reçoit une lettre de Jacques, encore à Alexandrie. Il a rencontré quelqu'un, il veut divorcer. Jacques, l'austère et sérieux Jacques, est tombé amoureux de Mireille Kramer, une poétesse autoproclamée dont le Tout-Alexandrie, ou ce qu'il en reste, affirme qu'elle veut lui mettre le grappin dessus pour se faire épouser. C'est peut-être son intention mais, quand même, elle écrit. Mireille désormais Vincendon signera deux livres, *Le Nombre du silence* et *Les Cahiers d'Anabelle*, avant d'entamer à Paris une longue carrière de chroniqueuse mondaine dans un magazine féminin et de se faire une notoriété dans cette spécialité. Quand j'étais jeune journaliste, on me demandait si j'étais de la famille de Mireille Vincendon. Jacques, toujours imperméable à son environnement, se fiche des commentaires, ou ne veut pas les entendre. En 1949, le voilà marié à Mireille. « L'affreuse Mireille », comme disait aimablement la famille.

Cette même année, Claire devient Mme Howell en épousant Moonbeam. Le couple navigue entre Alexandrie, Paris et Londres. Lui reste-t-il de l'argent ? Pas sûr. Le Commander Howell a cédé sa pension de retraite à son ex pour qu'elle accepte la séparation. Claire de Menasce avait eu une grosse dot lors de son premier mariage mais la source s'est sérieusement tarie. Comme pour tant d'Alexandrins, plus encore pour cette descendante de juifs du Maroc et d'Alep arrivés en Égypte au début du XIXe siècle, où trouver un port d'attache ? Ce sera Tanger. Une ville de Méditerranée, sous statut international à l'époque, ce qu'il y a de plus approchant de l'atmosphère d'Alexandrie.

Claude, elle, est à Chypre par hasard. Depuis qu'elle a quitté l'Égypte, à chaque étape, elle s'est demandé si elle avait enfin atteint la destination, l'enracinement, le terminus. Mais non. Toujours la déception. Tim est trop instable, c'est sa faute s'ils ne se posent nulle part, s'ils finissent toujours par plier bagage et *bye-bye*. Toutefois, dans ses moments d'honnêteté, Claude reconnaît sa propre insatisfaction. Jamais elle ne s'est sentie chez elle. Jusqu'à la rencontre avec Larry. Cet amour fou qui explose sans prévenir lui apporte une révélation : la question n'est pas où mais avec qui.

Pourtant, elle reste convaincue qu'elle doit partir à Bombay. Larry est plus que séduisant. Il provoque chez elle l'impression d'être portée par une vague, par un élan qui la soulève vers la créativité, la joute intellectuelle, l'écriture, toutes ces délices latentes d'un coup dévoilées, exposées et possibles. Sans compter le sexe… Cette sensation lui rappelle ce vers de Shakespeare que Jacques répétait sentencieusement – « *There is a tide in the affairs of men. Which, taken at the flood, leads on to fortune* » –, une marée qui emmène vers la fortune pourvu qu'on la prenne dans le flot. L'excitation de ce désir si soudain, si violent, est grisante et inquiétante. Durable ? « L'éloignement me le dira », pense-t-elle.

Les jours qui suivent s'organisent dans la frénésie. Inscrire les enfants en pension, les persuader que c'est pour leur bien, faire face aux pleurs, emballer les affaires, partir au plus vite. Écourter les adieux déchirants avec Larry, qui va peut-être se détacher, l'oublier. Après tout, il a déjà été marié deux fois, il l'est même encore. Bombay est si loin. La distance, le temps et, qui sait, le dépaysement peuvent éroder les sentiments les plus solides.

*

J'ai des cousines en Australie. Claudia et Charlotte sont les petites-filles de Claude, les filles de Diana. Elles vivent à Sydney. Claudia m'avait promis de regarder dans son grenier ce qu'elle pouvait trouver sur sa grand-mère. Elle l'a fait. Dans une boîte, elle a découvert des lettres de Claude à Larry, datées de novembre et décembre 1955, envoyées de Bombay. Le courrier est un objet embarrassant, surtout les lettres d'amour et je n'ai pas envie de coller mon œil au trou de la serrure. Jusqu'à présent, je n'ai utilisé que des matériaux plus ou moins publics, des centaines de photos où les personnages prennent la pose, sélectionnées pour rester collées dans des albums que les générations à venir feuilletteront avec émotion. Même les lettres de Dan à Claire relèvent de cette histoire familiale commune qui m'appartient autant qu'à eux. Les lettres d'amour de Claude à Larry, en revanche... Leur présence dans le grenier de Claudia pose question. Comment sont-elles arrivées là ? Elles étaient sans doute dans les affaires de sa mère, Diana, la fille de Claude. Mais elles étaient envoyées à Larry. Claude les aurait-elles reprises ensuite ? Laissées derrière elle après son décès ? Ou alors Larry les aurait-il données à Diana après la mort de Claude ? « Tiens, voici les lettres d'amour que ta mère m'envoyait. » Drôle de cadeau, quand même... Je me perds en conjectures mais la vérité est sans doute plus simple. Ce courrier a pu se trouver enfoui dans une boîte de souvenirs, de papiers et de photos que Larry a donnée à Diana après la mort de sa mère. En vrac.

Je lis ces lettres. J'ai mauvaise conscience mais comment ne pas jeter un coup d'œil, même furtif, sur la relation qui se noue entre Claude et Larry, le grand amour de sa vie à elle et, d'après les spécialistes de Durrell, de la sienne aussi ? À Chypre, ils ont dû passer pas mal de temps ensemble au nez et à la barbe de Tim. Quand, comment ? Quelle importance... À Bombay, si je résume l'ambiance des lettres, Larry manque à Claude, c'est viscéral, elle l'imagine partout, pense à lui continuellement et je n'irai pas plus loin, j'en ai déjà bien assez dit. Toutefois, si les sentiments de Claude n'étaient pas supposés me tomber sous le nez, son carnet de voyage est d'intérêt général. Elle parle de l'humidité qui « donne aux cheveux une mollesse de poil de souris ». « Personne, écrit-elle, ne peut avoir une quelconque couleur dans un tel climat. Toutes les femmes européennes que nous avons vues sont trop affreuses pour être décrites et Tim dit que ce pays ne vaut rien pour les femmes. Il scrute chaque jour les signes de ma dégradation ! » Elle décrit également l'hôtel « terriblement seconde zone », la déception de Tim, son envie de rentrer à Chypre au plus vite. Dans les lettres suivantes, Claude évoque ses efforts « pour révolutionner la cuisine » (le lieu) et ses rêves d'y introduire « la moussaka et les *octapothi* dans un futur proche ».

Mais derrière une phrase sur sa stratégie pour éviter le « chou à l'anglaise et sa gentille petite sauce blanche », elle se revoit à Chypre : « Je lis *Justine*, au petit matin, délicieusement enveloppée dans ta robe de chambre, le cendrier sur la table à repasser, la satisfaction enroulée autour de moi comme un édredon. » Elle ajoute :

« Je suppose que c'est ridicule pour moi de ressentir les choses aussi intensément. J'ai aimé et vécu suffisamment longtemps mais jamais rien comme cela et je ne peux pas supporter de le perdre. »

20

Le manuscrit

Claude et Tim sont revenus à Chypre et se sont séparés. La vie de Claude avec Larry commence en 1956, dans cette île méditerranéenne. Sa vie d'auteur aussi. Entre 1957 et 1959, elle publie trois romans, *Mrs O'* (sur l'Irlande), *The Rum Go* (sur Alexandrie) et *A Chair for the Prophet* (sur Israël). Sans doute a-t-elle accumulé beaucoup de notes au cours des années précédentes mais quand même : trois livres en trois ans. Elle signait ses romans Claude. Effacement du nom, effacement de l'artiste aussi. Que trouve-t-on sur Claude-Marie Vincendon lorsqu'on interroge Internet ? Sa généalogie. Goodreads.com, un site de littérature, résume sa vie en deux lignes et renvoie à *Bitter Lemons* (*Citrons acides*), ouvrage de Durrell qui lui est dédié. Wikipédia ne parle d'elle que comme de la « troisième femme » de l'écrivain, celle dont « la mort en 1967 le ravage ». Un article du *Nouvel Observateur* lui donne un père banquier au Crédit lyonnais et une éducation en Angleterre. Voilà, c'est plié, erreurs comprises.

Claude n'est que l'épouse de Lawrence Durrell. À propos de ses ouvrages, pas une ligne, encore moins à propos des traductions. Sur la couverture de *The Passionate Epicure*, traduction par Claude de *La Vie et la passion de Dodin Bouffant, gourmet*, de Marcel Rouff, la préface de Lawrence Durrell apparaît en énorme tandis que, sur la page de garde, le nom de la directrice de collection est imprimé en plus gros caractères que celui de Claude. Bref, où que l'on cherche, on la perd dans les tréfonds des petites choses. Perdue. C'est le mot juste. Ce sentiment, confirmé par la maigre pêche que j'effectue sur le Net, je l'avais encore davantage après la lecture du mail de Barry, le fils de Claude, celui où il s'excusait presque du peu de souvenirs qu'il avait de sa mère, lui qui avait d'abord été confié à son père puis expédié en pension.

En fait, il possédait un souvenir, un sacré souvenir, remisé dans un coin, oublié. La madeleine de Barry, ce fut le premier courriel que je lui ai envoyé. J'étais déçue par sa réponse, celle où il m'affirmait avoir peu de choses à me raconter, quand j'ai lu la suite : « Ton e-mail m'a rappelé un paquet que Larry m'avait envoyé après la mort de Claude avec un manuscrit, non publié, qu'elle semble avoir écrit sous le pseudonyme de Jason Thorne, intitulé *Gilt Silence*. » Pardon ? Un manuscrit non publié ? L'explication se trouvait dans le mot de Durrell accompagnant le paquet. Barry l'avait scanné pour me donner le contexte. Nous sommes le 7 décembre 1984, la petite écriture est nerveuse et lisible. « Chers Barry & Maureen, voici un étrange cadeau de Noël pour vous ! Je suis tombé l'autre jour sur une vieille malle dans laquelle j'ai trouvé, entre autres choses, le dernier roman écrit par Claude. Elle ne voulait pas que je le voie avant sa publication et, par conséquent, je ne l'ai jamais lu, respectant son souhait. Encore maintenant, je ne l'ai pas lu. Mais je suis sûr qu'il vous intéressera. » Là-dessus, Durrell conclut : « De toute façon, je voulais que vous l'ayez. »

Bigre.

Pourquoi Barry a-t-il négligé pendant plus de trente ans le manuscrit de sa mère ? La réponse m'arrive assez vite. Barry est ingénieur informatique, il a tracé son chemin tout seul, n'a guère la fibre littéraire. De plus, son fils est gravement autiste. Il avait d'autres priorités que de s'avaler des pages de carbone tapées à la machine et, finalement, le paquet a été abandonné dans un coin.

Durrell, c'est une autre affaire. Peut-on croire à cette histoire de vieille malle ? Peut-on croire à l'oubli ? Je ne sais pas, je verrai ça plus tard, c'est troublant et gênant à la fois. Pour le moment, je n'ai qu'une urgence : lire ce roman. Barry scanne les 244 pages me les envoie. Qu'on ne compte pas sur moi pour raconter l'histoire de *Gilt Silence* : j'ai bien du mal à résumer les récits des autres (et trop peur de leur porter tort). Je peux juste dire qu'il est question de la parole absente, retrouvée, perdue à nouveau. Et quand même, ce titre… Silence doré ? Le silence est d'or ? Un livre enfoui dans la malle, réduit lui-même au silence. Le contenant et le contenu, le signifiant et le signifié, l'inconscient de Lawrence Durrell à la manœuvre et le destin qui reprend la main. Vertigineux. Par ailleurs, peut-être le meilleur roman de Claude, et écrit dans un si bel anglais…

C'est son dernier ouvrage. Savait-elle qu'il serait le dernier ? J'ai l'impression qu'elle recueille au passage des morceaux de sa vie, comme on ramasse machinalement ce qui traîne par terre dans une pièce que l'on traverse. *Gilt Silence* est rempli de signes. L'Alexandrie de la fin de la guerre, une famille influente et généreuse, un vieux père qui se réfugie dans son *den*, un jeune officier anglais dont l'héroïne tombe amoureuse, une arrivée difficile à Londres, un exil en Australie et, finalement, une jeune femme qui ne veut pas laisser son mari lire le roman qu'elle est en train d'écrire... Je découvre les premières phrases :

> Il y a les avares de la vie et les dépensiers ; ceux qui préservent amoureusement chaque petit morceau de preuve à même de confirmer leur possession du passé et ceux qui ne se soucient que du présent mais sont prodigues, rassurés de savoir qu'ils ont l'avenir devant eux, des lendemains aussi riches qu'aujourd'hui. Ce sont ces chanceux que j'envie pour leur habileté de serpent à se dépouiller du passé tandis que moi, stockant émotions et expériences comme des joyaux, je m'approprie ceux des autres pour les ajouter à mon magasin. Nous, les avares, retournons souvent notre or,

examinons nos précieuses possessions cachées, les réarrangeons dans un ordre plus plaisant pour nos goûts changeants et puisons dans le stock en fonction de la valeur du marché. En un sens, je suis en train de m'embarquer dans l'un de ces prélèvements sur stock et si parfois mes colonnes débit et crédit échouent à s'équilibrer, ce sera parce que la vie est une devise instable et que ce qui était d'une extrême valeur à une époque ne vaut aujourd'hui plus rien tandis que le rebut d'hier est le diamant d'aujourd'hui. Patience s'il vous plaît. J'essaie de dire que le temps a augmenté la valeur de mes parts dans d'autres vies et que je veux réaliser mes profits.

Ni le temps ni la mémoire n'ont fait croître la valeur des parts de Claude dans la vie de Lawrence Durrell. Les dix ans qu'ils vont passer ensemble ne se reconstituent que par fragments, dénichés ici et là avec le pinceau de l'archéologue. On souffle sur la poussière, une petite pièce apparaît, on la met de côté. Le champ de fouilles est l'existence de l'écrivain et je ne peux accéder à Claude qu'en passant par ce territoire. Mais à quelle Claude ? À la troisième épouse de l'ogre, la plus endurante, la plus solide ? « Il y a cette chose merveilleuse chez Claude », avait dit l'écrivain à son biographe, Ian MacNiven. « Si je lui jette une assiette à la figure, elle m'en renvoie une autre ! » Remarquable. Durrell n'est pas le courtier idéal du travail littéraire de sa femme.

Il va pourtant me falloir en passer par lui. Dans l'abondante correspondance qu'il a entretenue avec le romancier américain Henry Miller, le mari évoque les livres de sa femme de façon informative : elle a terminé son manuscrit, Faber a accepté de publier, Rinehart a acheté les droits américains, nous avons fêté ça... Il ne cite même pas un titre. Je ne sais pas si Larry voit en sa compagne une écrivaine ou s'il considère qu'elle s'occupe. Tandis que Claude travaille sur *A Chair for the Prophet*, Larry écrit à des amis que cette tâche freine son bavardage. Une forme d'humour. Au début de leur histoire, il avait décrit à Miller leur couple dans sa maison de Chypre, chacun sur sa machine à écrire à une extrémité de la pièce, une grande carte d'Alexandrie punaisée au mur. « Nous tracions et retracions les rues de la ville avec nos doigts et j'ai pu retrouver ainsi beaucoup de souvenirs perdus, les bordels et les parcs, les levers de soleil sur le lac Maréotis, etc. » La mention des bordels donnait à ces réminiscences la touche virile n'appartenant qu'à lui. Mais au bout du doigt de Claude, se trouvait cette haute société alexandrine, toile de fond du *Quatuor* que Durrell avait seulement tangentée pendant la guerre et dont elle lui apportait la clé d'entrée. Peut-être le passé de Claude la rendait-il encore plus séduisante ? Si j'avais mauvais esprit, j'ajouterais qu'il était bien utile. Je sais que tous les spécialistes de l'œuvre durrellienne estiment que ma tante aura été l'amour de sa vie. Mais cette certitude ne répond en rien à ma question : que pensait-il de ce qu'elle écrivait ?

Parmi les nombreux experts de Lawrence Durrell, peu se la posent. Au sujet de Claude, Michael Haag fait partie des bienveillants. Mort en janvier 2020, il était un explorateur de l'Alexandrie du *Quatuor*, dont il est allé chercher la mémoire sur place et dans les récits des témoins de l'époque. Lui le premier a feuilleté nos albums de famille, publié nos photos. Sur son blog, il a noté : « On a trouvé et écrit très peu de choses sur les origines de Claude Vincendon. » Mais il affirme qu'elle fut la chance de l'auteur. « Claude ne l'a pas seulement poussé à terminer *Justine* mais à étendre ce que, jusqu'à présent, il avait pensé comme un seul roman pour en faire un quatuor, une traversée des années d'entre-deux-guerres et de la Seconde

Guerre mondiale à Alexandrie en y apportant quelque chose de ses propres souvenirs ainsi que les personnages et les histoires de sa famille. »

J'aurais aimé pouvoir lui parler d'elle. Comme souvent, j'ai été trop lente et j'arrive trop tard. Je cherche d'autres sources, des connaisseurs de Lawrence Durrell qui, au cours de leurs réflexions, auraient approché les écrits de Claude. Bruce Redwine, spécialiste et auteur de nombreux articles sur l'écrivain, en fait partie. Je le contacte après avoir lu l'un d'entre eux, consacré à Sappho, la seconde fille de Durrell née de l'union avec sa deuxième femme, Eve Cohen. Redwine connaissait Michael Haag. Il me fait part d'une discussion entre eux. Haag pensait que « Claude était l'éditrice » de l'écrivain, celle qui relisait et intervenait sur le texte, et qu'il « avait grandement profité de son approche littéraire ». Haag estimait également qu'après la mort de sa femme, « le travail de Durrell avait décliné et souffert ». Bruce Redwine résume : « Claude lui apportait l'œil critique dont il avait besoin. »

Et l'inverse ? Larry a-t-il apporté à Claude le soutien, l'encouragement, la relecture dont elle aurait eu besoin ? A-t-il détourné un instant vers elle cette attention obstinément fixée sur son œuvre à lui, sur ses difficultés à la faire avancer, ses pannes d'écriture, ses publications à venir, sa pénible obligation de travailler pour vivre, ses inquiétudes sur l'argent et, au passage, ses soucis de séducteur vieillissant ? Il est possible que cette interrogation n'intéresse que moi, qu'elle n'ait pas été celle de Claude, obsédée elle aussi par le génie de son grand homme, par l'amour qu'elle lui portait, fût-il mal payé de retour. Peut-être préférait-elle s'épargner le jugement du maître sur ses ambitions littéraires. Ou le craignait-elle.

Cette affaire de dernier manuscrit me tourmente. Le petit mot que Durrell a envoyé le 7 décembre 1984 à Barry a tout d'une fable. Le mystère de la vieille malle, l'interdiction de lire, le serment de s'y soumettre, la remise solennelle au fils après des années de fidélité au serment, que c'est beau… Larry fictionne comme il respire, c'est la force de son art et chacun est dans son rôle. Abeille ouvrière du journalisme, je tique. Rien ne tient debout. Elle lui donne le manuscrit mais elle ne veut pas qu'il le lise avant sa publication. Le roman est destiné à être publié, pourtant, il finit dans la malle. L'oubli prend bien des formes. Parfois, il se déploie malgré soi pour protéger contre la souffrance, éviter la culpabilité, rester debout, en somme. D'autres fois, il sert à mettre de côté les encombrants. Vingt-huit ans dans la malle, quand même…

Larry a-t-il dépossédé Claude de son ultime expression littéraire ? Cette question me taraude.

21

Lawrence Durrell

Comment raconter Claude sans se heurter continuellement à Larry ? Je n'ai pas de témoins, pas de lettres, presque pas de photos… Où vais-je trouver de quoi nourrir mon récit ? Je lis des biographies de Lawrence Durrell, sa correspondance avec Henry Miller, des textes de spécialistes. J'envoie des coups de sonde auprès de quelques durrelliens pointus. « Et vous, que pensez-vous du regard que Larry portait sur Claude ? De leurs relations ? Est-il vrai qu'elle a été la première femme capable de lui faire face, de l'affronter ? L'aimait-il ? A-t-elle été le grand amour de sa vie ? » Oui, oui et oui à tout ça, à tout cela à la fois, l'amour, la violence, la condescendance parfois, la certitude tranquille pour Larry d'être le moins amoureux, le moins dépendant des deux. La mort de Claude effondre le schéma et le bonhomme. Claude le tenait debout. Elle disparaît, elle ose mourir à quarante ans sans crier gare et le voilà perdu. Sa détresse a été racontée, actée par ses biographes. Le vide laissé par Claude a été largement décrit. Mais pendant les dix années passées ensemble, quel espace occupait-elle ?

J'aimerais pouvoir faire confiance à Larry pour me le dépeindre. J'épluche sa correspondance avec Henry Miller. Janvier 1955 : « Une Alexandrienne jeune et belle m'est tombée dans les bras et m'a rendu assez de courage pour me remettre à mon livre et le liquider. (C'est une Française, Claude, et elle est écrivain, et elle a quelque chose de tout à fait unique.) » L'émotion s'arrête là. Par la suite, au fil de ses lettres, Larry parle de sa compagne sur un mode factuel. Ici, « Claude espère pouvoir emprunter une maison » (en France). Là, « Claude a deux très grands enfants à charge » (sept et neuf ans). Plus loin, léger compliment, « son premier roman vient d'être accepté en Angleterre et les agents américains sont enthousiastes ». 17 janvier 1958, l'achèvement du troisième tome du *Quatuor* arrache à l'écrivain ce cri du cœur : « Comme il faut qu'il soit envoyé la semaine prochaine, la courageuse Claude le dactylographie. (Elle est très rapide. 140 000 mots en quatorze jours exactement, ce serait pas mal même pour une professionnelle !) »

Larry lui reconnaît des talents pratiques. 15 février 1964, Durrell à Miller : « Pas d'autres nouvelles, sauf que la cuisine de Claude, qui a toujours été bonne, est devenue excellente. Résultat : je dois perdre quelques kilos pour ne pas payer double place dans les avions. » Les compliments de l'entourage ne sont pas moins tordus. 6 décembre 1957, Miller à Durrell : « Vous êtes très bien tous les deux, et Claude, si délicieuse à regarder, me rappelle beaucoup quelqu'un que je connais mais dont je ne parviens pas à me rappeler le nom. En tout cas, très féminine. »

*

À Chypre, leur histoire avait commencé dans une guerre civile. Les Chypriotes ont pris les armes pour obtenir le rattachement de l'île à la Grèce et le départ des Britanniques. Larry avait vécu à Corfou avant la guerre. Il parlait grec, aimait la Grèce et ses habitants mais, à Chypre, sa fonction de propagandiste officiel de l'occupant en fait une cible. Sur l'île, ses amis grecs l'évitent. Il envoie au Foreign Office des notes exhortant à la négociation. Londres y répond en renforçant les représailles. Œil pour œil, le colonisateur ne connaît que cela même si cette intransigeance se termine toujours par l'indépendance. Durrell décrit la situation à Miller : « Dehors, de temps en temps, l'explosion d'une bombe, ou bien quelques coups de feu, ou bien un appel des services de police annonçant une nouvelle embuscade dans les montagnes. Une période étrange et excitante, triste et alourdie de futilités et de dégoûts, mais c'est merveilleux de pouvoir vivre dans un livre quand tout va mal autour de soi et que les couvre-feux tombent sur des villes mortes. »

Vivre dans un livre quand tout va mal autour de soi. Larry y trouve sa survie, Claude sa nouvelle vie. Jamais elle ne s'était installée à un bureau, devant une machine, dans une telle ambiance studieuse. Ce n'est plus l'écriture dans un coin, dans un moment arraché à la journée, dans la suspicion d'un compagnon qui ne comprend rien à l'entreprise et s'en méfie. Par sa simple présence en face d'elle, alors que tous deux se livrent à ce même exercice de l'imaginaire, Larry la légitime. Depuis qu'ils sont vraiment ensemble, du matin au soir, sans plus se cacher, une énergie la traverse, les mots arrivent en cascade, rapides, précis. Les souvenirs du pub de Cork affluent, l'histoire se construit dans sa tête, une exaltation, un bonheur presque physique et même quand une explosion fait sursauter ses doigts sur le clavier, l'amour, l'amour fou atténue le bruit des bombes.

La maison est dans le village de Bellapais. C'est peu dire que Larry l'a investie, y réalisant quantité de travaux. Lui qui pendant la guerre avait été chassé de Corfou par les forces de l'Axe, ballotté ensuite au fil des postes, a construit là un lieu conforme à son idéal de félicité, avec la Méditerranée, les paysages arides et caillouteux, les oliviers, les pierres sèches. Les attentats qui se multiplient, cette radicalisation des schémas mentaux n'offrant plus de place à ce modèle d'Anglais philhellène trop complexe pour cadrer dans le combat des indépendantistes aboutissent à une évidence : il faut partir. Larry est furieux. Claude, elle, s'interdit de vivre les départs comme des exils. Elle a pris les devants pour quitter Alexandrie avant d'y être contrainte, sait que la nostalgie rôde toujours autour d'elle, prête à la submerger au moindre instant de défaillance mais elle est sur ses gardes. Ne jamais entrouvrir cette porte.

Le 9 août 1956, Durrell écrit à Miller une courte lettre annonçant en style télégraphique qu'il part pour Londres. « Puis j'irai en France où Claude espère pouvoir emprunter une maison. Nous avons assez d'argent pour tenir trois mois pendant lesquels nous finirons les livres que nous avons en cours. Pour la première fois de ma vie, je serai sans projets et sans argent. » En guise de Londres, le couple passe plusieurs mois à Milkwell, village du Dorset au sud de l'Angleterre, dans un cottage prêté. Sappho, la seconde fille de Durrell, est avec eux. Diana et Barry, les enfants de Claude, sont avec leur père, Tim Forde. Plus exactement en pension une fois encore, le garçon d'un côté, la fille de l'autre. Sappho, périodiquement restituée à Larry au fil des problèmes psychiatriques de sa mère, Eve Cohen, se retrouve inscrite à l'école de Milkwell. Claude s'occupe au quotidien de l'enfant de son compagnon mais pas des siens. Situation courante aujourd'hui. Comment la vit-elle ? Qu'on ne compte pas sur Larry pour s'épancher là-dessus. Peut-être pas sur Claude non plus.

Je me méfie de moi-même. De la projection de mes sentiments sur ce que fut sa réalité. Je sais que Claude aimait ses enfants, j'ai des indices pour le dire. Mais j'ai du mal à me défaire de ma propre époque, à me glisser dans leurs raisonnements, leur contexte social, leur passé de petits élevés par d'autres. Pourquoi cette mère-là ne reste-t-elle pas près des siens ? Même si Tim, le père de Diana et Barry, a la garde, même si le débat porte sur le choix de la « bonne » école, seule à même de délivrer la « bonne » éducation, pourquoi Claude s'éloigne-t-elle d'eux ? Pourquoi Larry et elle ne choisissent-ils pas d'habiter en Angleterre ? Après tout, Eve, la mère de Sappho y vit elle aussi...

Lawrence Durrell est un Britannique qui n'aime pas la Grande-Bretagne. Il n'a jamais eu envie d'y habiter, ne s'y rend que contraint et forcé, même pour recevoir le Duff Cooper Prize des mains de la reine mère, seul moyen de toucher le chèque. Il faut que Claude le traîne comme un boulet pour qu'il daigne y aller. Dans une lettre à Miller, elle décrit ses efforts. « Larry, vêtu d'une veste d'intérieur et d'une casquette, s'est mis à gesticuler dans la cuisine en hurlant : "Non, je n'irai pas serrer la main à la reine mère !" Un petit interrogatoire prudent et la situation a été clarifiée. "Oh si, tu iras ! Pense à tes deux filles ! Elles ne te pardonneront jamais si tu n'y vas pas !" Et puis aussi la famille, les amis, etc. » Le changement d'air, écrit-elle, « est le bienvenu même s'il déteste Londres ». De plus,

Claude veut voir ses propres enfants. « Alors nous y sommes allés. Voyage formidable. Les couchettes de train sont “mixtes” ce que, contrairement à Larry, je n’avais pas remarqué puisque j’ai la vue basse. » Sa lettre décrit « des voyageurs de commerce se déshabillant sur les couchettes supérieures pour enfiler des “pyjamas bleus froissés” (je cite Larry) “avec des contorsions simiesques compliquées les couilles battant l’air” ». Plus loin, elle raconte Larry qui, le jour J, affirme : « Je vais vomir sur la robe de la reine mère, j’en suis sûr. » Poursuit avec « le petit discours que Larry a écrit en grosses lettres afin d’éviter de se servir de ses lunettes ». Termine sur leur passage à Paris, leur promenade dans des quartiers qui sont aujourd’hui les miens et où je peux suivre leurs pas.

À la fin de sa lettre, Claude invite Miller à venir un jour à Sommières, « c’est calme et provincial, de nouveau, et nous en sommes ravis ». Voilà ma réponse. Les enfants sont en Angleterre, parce que Tim Forde et Eve Cohen y vivent. Larry et Claude se sont installés dans le Languedoc en 1957 car ils ne sont heureux que là. Ce bonheur prime tout le reste. Larry a déjà vécu avec Sappho, y compris bébé, et il en est sûr : on n’écrit pas avec une gamine dans les pattes. Claude se range peut-être à cette opinion. A-t-elle le choix ?

L'abandon des enfants se situe parfois dans de drôles de pactes que l'amour fait accepter. Peu avant sa mort, Claude confessera à l'une de leurs amies que Diana et Barry avaient été confiés à leur père car Larry et elle étaient « les coupables ». Elle en parlait comme d'une punition mais pas forcément d'une injustice. Elle avait ajouté : « J'ai été une dépravée. » Le jour de la remise du prix par la reine mère, l'illégitime Claude, qui avait tant poussé à ce que Lawrence Durrell aille recevoir sa distinction, est restée à l'hôtel.

22

Rudesses

Ni le confort ni les domestiques ne semblent jamais manquer à Claude. Faire son deuil d'avoir été trop servie n'est pas simple et j'ai vu dans mon enfance quantité d'anciennes Alexandrines jamais remises de cette perte, reconnaissables au ton employé avec les vendeuses. Rien de cela chez elle. Plutôt un fond campeur, boy-scout autour du feu et on se débrouille. Dans le Gard, à Sommières, les deux s'installent à la villa Louis, une maison sur une hauteur à la sortie de la ville. L'endroit est franchement rustique et n'a de villa que le nom. Le couple se douche avec un arrosoir, y compris lors de son arrivée en mars, et ils partent faire leurs besoins dans la nature une pelle à la main.

En cette année 1957, Claude a trente-deux ans mais ce mode de vie l'enchante comme si elle en avait quinze. Depuis cet arrière-pays, on ne voit pas la Méditerranée. Elle est pourtant bien là, avec ses sols poussiéreux, ses odeurs de thym, le gris des oliviers, le chant des grillons et des cigales. Son atmosphère agit comme un euphorisant. L'environnement est à la dure mais Claude bat son record de dactylographie en tapant les 140 000 mots de *Mountolive* en une semaine, plante un potager, fait une visite express à Londres pour vendre à l'éditeur Faber and Faber son troisième livre, *The Rum Go*, en profite pour voir ses enfants, revient à Sommières et, en juillet, accueille pour la première fois Diana, Barry et Sappho pour les vacances d'été. Tous les traits de Claude sont là, ses incroyables talents d'adaptation et d'endurance joyeuse, son désir de se rattraper en bonne mère aussi. Ian MacNiven, le biographe autorisé de Lawrence Durrell, lui en donne acte. Larry, écrit-il, « avait observé ses talents pour la radio et comme secrétaire exécutive, l'avait regardée faire face aux attentats à la bombe à Chypre et à la famille à Bournemouth. Maintenant, avec les seules ressources d'une cabane rustique, elle transformait l'été des enfants en une aventure extraordinaire, dirigeant leurs activités avec des règles légères et son formidable enthousiasme personnel : ses rires et ses chansons les enflammaient tous. » MacNiven ajoute à cela les « tours de passe-passe » de Claude en cuisine, en tout cas dans ce qui en tient lieu, des tours qui semblaient « sans effort ». La grande classe.

En septembre, les enfants repartent vers leurs pensionnats respectifs. Est-ce moi qui projette le vide laissé par leur départ ? Se compense-t-il par une autre émotion ? En octobre, Claude tient dans ses mains *Mrs O'*, son premier roman publié. Je la vois ouvrant le paquet de Faber, sortant les livres du carton, tournant et retournant l'un d'entre eux comme je le fais là, une soixantaine d'années plus tard, avec celui qui est sur mes étagères. Aujourd'hui, je regarde ce petit volume relié, un de ceux du tirage de l'époque, ce *Mrs O' by Claude* dédié à Georges de Menasce, l'oncle Georges des statuettes en jade. Cet ouvrage me touche par son écriture, son récit, l'Irlande désespérée qu'il décrit si bien mais surtout parce qu'il fut le premier.

Claude et Larry passeront un an et demi dans la villa Louis, récupérée ensuite par son propriétaire. Jetés dehors une fois encore mais pas bien loin. Leurs recherches les amènent à une vingtaine de kilomètres, sur les contreforts de Nîmes. Le mazet Michel, étape suivante, est à peine moins rude que la villa Louis. Toujours pas de commodités, l'eau du puits, l'installation qui gèle en hiver, une bicoque minuscule flottant dans un terrain trop grand pour elle, couvert de pierres et de troncs d'oliviers tués par un gel hors norme l'année d'avant. L'endroit est dans un lacis de chemins en courbe, au voisinage du camp des Garrigues où l'armée procède à ses essais d'artillerie, d'où son prix avantageux. Le couple va y vivre sept ans. C'est étrange. Claude est française, elle aurait pu revenir dans la France de ses ancêtres Vincendon, ce Pays basque vert et pluvieux, fouetté par l'Atlantique. La presse de l'époque assure que les obsèques de son ancêtre le général Joseph Vincendon, en 1909 à Saint-Jean-de-Luz, ont été suivies par un cortège de milliers de personnes. Belles racines. Mais non. Claude revient en France par la Méditerranée, par la seule partie du pays portant en elle un peu de l'air de la côte d'en face, parfois même un souffle de sirocco et une brume de sable du Sahara. Dans le Languedoc, Larry retrouvait l'atmosphère de Corfou, assurent les durrelliens. Quand le cagnard d'été écrasait les ombres, Claude, elle, faisait la paix avec sa part d'Égypte.

J'hésite à affirmer que les années du mazet furent les plus belles de sa vie. Elle a écrit, beaucoup. De nombreuses traductions qui mettaient du beurre dans les épinards. Des romans. Claude entreprend un livre sur les Français. Elle veut l'intituler *Lettres françaises*. Larry suggère *Les Français à table*. Ce garçon est un ventre. Juillet 1958, lettre de Durrell à Miller : « Le livre de Claude sur les Français prend forme et s'annonce excellent. » Ravie de l'apprendre. Où est ce manuscrit aujourd'hui ? Mystère. Où va la production littéraire de Claude ? Dans quelle oubliette ? Le monde des lettres tourne autour de Larry. Miller bien sûr, Anaïs Nin, Richard Aldington, Frédéric Jacques Temple, Jean Fanchette, Alfred Perlès, Alan Thomas. Le couple rencontre le violoniste Yehudi Menuhin et Diana, sa femme, passe la soirée avec eux au Dôme, à Montparnasse. Maurice Girodias, éditeur en France du *Sexus* de Miller et de la *Lolita* de Nabokov, vient les voir. Après la publication du *Quatuor d'Alexandrie*, entre 1957 et 1960, Durrell est devenu une célébrité. Les journalistes se rendent au mazet comme en pèlerinage. L'auteur les reçoit avec un dosage variable d'affabulation. L'un d'eux, envoyé par *Le Figaro littéraire*, évoque l'existence de Claude dans son article. Larry est scandalisé. Le reporter avait promis de ne pas en parler. Ne pas parler de Claude ? La compagne doit rester dans l'ombre ? Je me demande ce qu'en pense la clandestine.

Le 27 mars 1961, Lawrence George Durrell et Claude Marie Vincendon se marient à Londres. Certains commentateurs évoquent des raisons fiscales pour Larry, toujours très préoccupé par cet aspect des choses. Tous parlent d'une formalité. En êtes-vous si certains, messieurs ? Barry, le fils de Claude, dit plus simplement : « Ma mère avait besoin d'officialiser. » Elle en avait peut-être assez du camping permanent jusque dans l'état civil. Pourtant, tous autour d'elle lui attribuaient une solidité à toute épreuve. Même Larry n'en revient pas de son coup de chance. À Miller : « Je ne serais probablement pas ici sans l'esprit d'initiative et la débrouillardise de Claude. » C'est bien de le reconnaître. L'intéressée s'est-elle installée d'elle-même dans ce personnage ? S'en est-elle contentée ? Pas sûr.

Elle boit trop. Lui aussi. Leurs affrontements sont réguliers. Bruce Redwine, le spécialiste américain avec qui je suis en contact, me parle d'une relation entre eux émotionnellement profonde et physiquement violente. Durrell battait Claude, le monde académique le sait et Redwine, pour sa part, précise : « Je n'excuse pas la violence à l'égard des femmes, si grand soit le génie. » Merci. Il n'empêche. L'information me tombe sur les épaules comme une douche froide, je suis accablée. Pourquoi Claude accepte-t-elle cela ? Que se reproche une femme quand elle tolère qu'un homme lui tape dessus ? Ian MacNiven a beau être l'auteur de la biographie autorisée de Durrell, il n'élude pas les faits. 1957, Claude trouve un travail de secrétaire à Sète. Larry ne supporte pas l'idée, lui fiche un coup. « Je ne pouvais pas la laisser prendre un emploi, tout mon jus m'aurait quitté et je n'aurais pas pu continuer à écrire », justifie-t-il. 1959, en Angleterre, leurs amis remarquent que Claude a des hématomes au poignet. 1963, vacances en Grèce. Sappho, la fille de Durrell, les supplie d'arrêter de se battre et de boire moins. 1964, voyage à Corfou. Soirée alcoolisée, cris, coups, Claude sort de la maison en courant, tombe dans un fossé. Deux côtes cassées. 1965, retour à Corfou. Larry et Claude boivent encore plus, il lui colle des beignes, elle réplique, les plats volent. Les enfants voient son visage bouffi. 1966, à Corfou encore. Larry drague une de leurs amies sous le nez de Claude. Les deux sont au brandy dès le matin.

Lawrence Durrell est, d'après les écrits de sa fille Sappho, « *an aggressive and demonic drunkard* », un ivrogne agressif et démoniaque.

Plus distanciés, les experts de l'écrivain reconnaissent qu'il a le vin mauvais. Mais dans ces années 1950, tout le monde picole. Mes parents avaient gardé de leur vie d'Alexandrie l'habitude de ne jamais commencer une soirée sans un « drink », comprendre un whisky, voire deux ou trois les jours de déprime. Arrivé à Sommières, le couple Durrell ajoute les productions viticoles locales à ses consommations habituelles. Larry ironise là-dessus dans ses lettres à Miller. Ce pittoresque m'exaspère. Quelle force mentale, physique même, faut-il pour résister à cet homme-là ? Celui qui, comme l'écrit Sappho, « a toujours vécu aux limites de la folie », que ses épisodes alcoolisés rendent « très destructeur, avec une acuité psychologique terrible » ? Certes, ce sont les propos de sa fille, de la seule de ses deux enfants qui ait eu des velléités de s'aventurer sur les mêmes territoires que son écrivain de père. Sa vision était déformée, diront les admirateurs du héros. La mienne peut-être aussi. Quand elle écrit que son père était « toujours agressif avec ses épouses », j'ai tendance à la croire.

Si l'on s'en tient aux apparences, Claude n'arrive pas dans la vie de Durrell avec la même fragilité que ses deux précédentes épouses. Nancy Myers, la première, s'est enfuie en emmenant leur fille, Penelope, que Larry ne reverra pas pendant plus de dix ans. Eve Cohen, la deuxième, la mère de Sappho, prise dans de graves épisodes dépressifs, a fait plusieurs séjours en hôpital psychiatrique. Claude apparaît dans cette succession comme la seule capable de faire face aux « exigeants démons » de Larry, selon l'expression de MacNiven. Le troisième tome du *Quatuor*, *Mountolive*, lui est dédicacé. « À Claude, le nom du bon démon. » C'est écrit en grec. Mais même les bons démons ont un corps. Un corps qui tient, qui encaisse et, un jour, se dérobe.

23

Crépuscules

Claude s'use. Elle est gaie, elle rit de bon cœur aux mots d'esprit de Larry mais quand il passe les bornes, c'est-à-dire souvent, elle tire sur son énergie pour faire face. Le stock diminue. Larry boude, se braque dans un silence accusateur. Elle l'évite. Il lâche une sale phrase, l'une de ces interprétations psychologiques qui tapent là où ça fait mal, sa spécialité. Elle encaisse, ne pas répliquer, ne pas relever. Il recommence, cisèle une autre réflexion empoisonnée et une autre encore. Elle bout, sent la colère monter dans ses veines, une mauvaise chaleur l'envahir. Elle réplique, l'attaque dans sa vanité d'homme. C'est trop pour lui. Il se met à brailler, lève le bras, elle hurle en retour, saisit le premier truc qui lui tombe sous la main, le lance à travers la pièce, il se jette sur elle, lui assène une gifle, elle tombe…

Je remonte mes notes, je vois Claude se détériorer. Tout le signale. Les querelles régulières que je pointe au fil de mes lectures sur la vie de Lawrence Durrell. L'alcool, le tabac à peine mentionné mais allant de soi, consommés à haute dose par les deux. Pour elle, en prime, des ennuis de santé en cascade. Appendicite, ablation de plusieurs fibromes, hystérectomie, bronchites à répétition. Entre les lignes, je perçois pourtant sa résolution, son rythme frénétique. Organiser, recevoir, cuisiner, compter, traduire et écrire quand même. Les mois d'été, faire en sorte que les enfants ne soient pas sur le dos de Larry, qu'ils nagent dans le bonheur, même Sappho, peut-être surtout Sappho dont la mère, Eve Cohen, parfois, s'écroule. Durrell écrit à Miller : « Je dois dire que nos trois enfants sont formidables tout compte fait. Claude sait comment s'allier avec eux et les diriger de l'intérieur, pour ainsi dire. » Aux yeux de tous, Claude tient. Larry s'en félicite tous les matins. Elle, cette image lui convient. Ne rien montrer, tout va bien, et quand ce n'est pas le cas, si elle sent la fatigue ou la douleur monter, « *stiff upper lip* », comme disait Polly. On ne pleure pas. La plupart de leurs amis, ceux qui défilent au mazet comme ceux qu'ils rencontrent à Paris, l'été en Grèce ou dans les villes où ils voyagent, assistent un jour ou l'autre à un affrontement. Certains notent la maigreur de Claude. Fin observateur, le biographe Ian MacNiven n'est pas dupe de l'aveuglement des deux. « Ni l'un ni l'autre ne parlait de sa santé, écrit-il. Il fallait beaucoup d'endurance pour vivre avec Larry, elle n'en avait plus. »

La nostalgie, tant combattue, finit par trouver la faille. Parfois, une réminiscence d'Alexandrie arrive sans crier gare. Claude est assise sur la terrasse du mazet, empaquetée dans un tablier de cuisine. Sur la table, elle a déployé une grande toile cirée. Elle roule des keftas, des boulettes de viande. Veau, agneau, bœuf, oignons, ail, muscade, cannelle, cumin, poivre, piment. Les épices sont dans des coupelles. Il est encore tôt ce matin, il faut travailler avant la chaleur. Les boulettes roulent sous ses doigts, le parfum du quatre-épices flotte dans l'air. L'attention de Claude aussi, marabout-bout de ficelle. « Réussir des keftas aussi bonnes que celles du cuisinier chez nous quand nous étions enfants, pas facile, ça… J'aurais dû demander la recette quand j'habitais encore là… Quoique. Le cuistot ne me l'aurait pas donnée. Toujours secret, ces astuces-là. Jacques adorait ces boulettes, il le suppliait d'en faire et on trouvait ça bizarre, nous les enfants, parce que papa n'était pas trop du genre petits plaisirs… Pauvre Jacques. Tant de gens le trouvaient barbant… J'ai eu des bons moments avec lui. »

Claude arrête de modeler la viande, une boulette dans la main, les yeux dans le vague. Elle se revoit pendant la guerre dans le canoë de son père, tirant des bords dans le port d'Alexandrie, tout près des mastodontes de la Force X. « C'était tellement excitant, on était tout petits, eux énormes, quelle sensation quand j'y repense… » La boulette roule à nouveau sous les doigts tendus, pouf, pouf, tapotée, hop dans le bol. « Bon, le jour où l'un des bateaux a tiré un coup de semonce, on a un peu moins ri. Qu'est-ce qu'on a pris… La vague gigantesque… Je me demande comment on n'a pas coulé… Combien j'en ai, là ? Dix, onze, douze… Et ce marin de quart qui hurlait : "Dégagez ! Vous n'avez rien à faire là !" » Jacques est resté très digne. « Qu'est-ce qu'il m'a dit déjà ? Ah oui : "S'ils avaient rejoint les Alliés, ils seraient de meilleure humeur. La mauvaise conscience rend toujours irritable." Décidément, pour papa, tout faisait leçon… » Claude reprend son pétrissage, saisit une pincée de viande entre le pouce et l'index, la pose sur sa langue. Là, je crois que je tiens l'affaire…

Dans les écrits sur Lawrence Durrell, Jacques est le seul parent français de Claude qui apparaisse. Il est mentionné au hasard des visites du couple à Paris. Humour involontaire, l'un des biographes de l'écrivain loge le père de Claude au 4, boulevard des Invalides, adresse du tombeau de Napoléon. Les Vincendon habitaient au 46. Le 25 avril 1962, Jacques meurt d'un cancer chez lui à Paris, entouré par sa famille. Claude est là. Au cimetière du Montparnasse, les trois enfants accompagnent leur père vers sa dernière demeure, sous la chapelle de la concession perpétuelle achetée par un ancêtre en 1888. Claude rentre au mazet Michel après cette semaine lugubre. A-t-elle seulement un peu d'espace pour exprimer sa peine ? Larry était peut-être un consolateur secret, une épaule pour pleurer pourvu que ce ne fût pas en public. Je veux le croire. Mais j'ai des doutes.

*

Un jour du printemps 1965, Claude découvre qu'une grande maison au 15, route de Saussines à Sommières, est à vendre. La bâtisse date du XIXe siècle. Elle a été construite au milieu d'un parc clos de murs comme on dit dans les annonces mais surtout dans le lit du Vidourle. Elle est inondable et a d'ailleurs été submergée peu de temps auparavant jusqu'aux chambres du premier étage. D'où son état et son prix. L'édifice est mis aux enchères par les héritiers d'une certaine Mme Tartes, qui l'avait fait construire. Claude file à Paris et l'emporte pour l'équivalent de 17 000 euros d'aujourd'hui, une très bonne affaire, même pour l'époque. Cette « maison de maître », comme la décrit Durrell à Miller (en français dans le texte), n'a rien à voir avec le rustique mazet Michel. Larry la juge un rien « macabre » mais il est fasciné par sa véranda enserrée dans une dentelle de ferronnerie. Elle lui rappelle le vieux Darjeeling de l'Inde de son enfance. Quant à Claude, que lui rappelle-t-elle, cette grande construction romantique, posée au milieu de son parc, sous l'ombrage de vieux arbres ? La maison de Mme Tartes n'est pas le palais de la rue Rassafa, ce bijou construit par Félix de Menasce à Alexandrie, et les rives du Vidourle ne sont pas la Corniche. Mais les réminiscences n'ont pas besoin de similitude. L'aspect d'une splendeur perdue suffit.

Au moment où Claude se précipite pour acheter cette maison, décrocher l'enchère et la bonne affaire, s'agite-t-elle pour combler un vide ? Le 5 février 1965, Claire est morte à Tanger. J'ai dans mes tiroirs le télégramme de Moonbeam, son second mari, annonçant qu'elle s'était éteinte paisiblement le matin même. Un tout petit bout de papier pelure, avec les mots collés en bande, sans doute pareil à celui que Claude a reçu de son côté. À Tanger, Claire enseignait pour gagner un peu d'argent. Je possède une photo d'elle dans une salle de classe, debout devant le tableau noir. Des découpages de lapins et d'œufs de Pâques sont accrochés au mur. Claire, tailleur noir et lavallière blanche, est élégante comme toujours. Une deuxième image la montre dehors. On aperçoit des mâts de voiliers, un port. À l'arrière-plan, une vieille Marocaine en tenue traditionnelle tient un garçonnet européen par la main. Claire a un camélia au revers, des chaussures à talons exquises et les jambes de sa jeunesse. De ce tout petit cliché pris à Tanger, s'exhale l'air d'Alexandrie, tenace, résistant à tous les déracinements. Des dizaines d'années plus tard, ce souffle m'effleure et me serre la gorge.

Dans quel chagrin, quelle culpabilité de fille éloignée, de visites trop rares, de liens distendus, Claude s'est-elle retrouvée ? Qu'on ne compte pas sur Larry pour le dire. Le lendemain de la mort de Claire, il écrit à Miller. « Les parents de Claude ont eu l'idée de mourir d'un cancer dans beaucoup de souffrances. Plus divers autres petits pépins qui ont augmenté la tristesse générale et ne nous ont pas encouragés à écrire. » Par quoi commencer l'analyse de texte ? Les « parents », les

« petits pépins », la « mauvaise idée de mourir dans beaucoup de souffrances » ? Face à Miller, Durrell fait le malin. Il a un personnage à tenir. Est-ce une forme de protection contre l'émotion, une posture de cynique ? Me voilà parlant encore de Larry, toujours en écran devant Claude. Je me cogne continuellement contre cette paroi. J'essaie de me convaincre de l'existence chez lui d'une bienveillance cachée, d'une forme d'amour passant par des voies détournées, malcommodes, brutales parfois. Je me surveille. Je connais ma propension à penser à la place de Claude, à m'horrifier des comportements de Larry. Ils me ramènent à tout ce qu'une femme est prête à accepter, à tous ces compromis bancals passés dans l'espoir de sauver une histoire, de sauver l'homme plutôt que soi-même. Un pacte qui piège. Qui suis-je pour dire à Claude de ne pas le signer ? N'en ai-je pas signé d'autres moi aussi, pas moins périlleux ? Dans l'une de ses premières lettres à Larry, l'une de celles que sa petite-fille avait trouvées dans son grenier, Claude écrit à quel point elle est « fière de lui ». Elle ajoute : « Que tu m'aimes en retour apparaît comme une chance tellement incroyable ! » Une chance… L'histoire de Claude me parle. Et ce qui va suivre plus encore que tout ce que j'avais imaginé.

24

Les portes d'Alexandrie

Les premiers temps de Claude dans la maison de la route de Saussines se déroulent dans une ambiance survoltée. La demeure est immense, Claude coordonne les maçons, les plombiers, les peintres. Un vrai chef de chantier. Elle a embauché Marcelle, une solide Sommiéroise, pour veiller sur le foyer. La nouvelle propriétaire explore les brocanteurs, arpente les ventes aux enchères, jubile le jour où elle met la main sur un Pleyel de concert pour l'équivalent de 360 de nos euros... Larry et elle importent du mazet leur canapé historique, celui qu'ils ont baptisé Elizabeth Barrett. Elizabeth Barrett Browning, poétesse de l'époque victorienne.

Cette façon de nommer les meubles est un travers familial. Mon père, frère de Claude, appelait notre piano à queue Symphorien. C'est aussi l'époque où les gens donnaient un petit nom aux voitures, rite auquel Larry et Claude n'échappent pas. L'été 1966, ils achètent un combi Volkswagen qu'ils estampillent l'Escargot. Avec l'Escargot, ils partent à Corfou, via Brindisi en Italie, un Zodiac arrimé sur le toit. À Corfou, ils s'installent dans la villa de Paleocastrizza où ils ont leurs habitudes depuis plusieurs étés. Leurs amis Horst et Frances von Maltitz les rejoignent. Frances observe Claude tandis qu'elle touille une sauce sur feu doux. Ce talent, qui semble si naturel, l'impressionne. « Tu n'as pas appris à cuisiner à Alexandrie, quand même ? » Claude pouffe. « Ah ça, non… Ce sont plutôt les années de pénurie qui m'ont servi d'apprentissage ! » « Tiens, goûte-moi ça… » Comme à chaque fois depuis deux ou trois ans qu'ils passent l'été à Corfou, les moments de bonheur intense du soleil, de la Méditerranée, des criques désertes dans lesquelles ils adorent se baigner nus comme des vers se mélangent avec des passages glauques, des alcoolisations trop poussées, des mufleries de Larry. Pendant plusieurs jours, il drague l'une de leurs visiteuses sous le nez de sa femme. Quand la parade du paon sature l'atmosphère, Claude part retrouver de l'air dans leur chambre.

En septembre, de retour à Sommières, le couple planifie Noël. Ils décident que cette année ils feront un authentique *British Christmas* avec grand tralala, dinde rôtie, pudding, et une douzaine de convives. Ils envoient leurs invitations. Le 26 novembre, les premières confirmations arrivent. Branle-bas de combat. Larry supervise les chambres et les salles de bains, Claude se lance dans un planning serré. Elle charge Mary, l'une des invitées, de lui expédier depuis Londres un gros lot de *mince pies*, tartelettes sucrées fourrées indispensables à ce type de festin. Mary s'exécute, le chargement arrive en temps et en heure. Mais le 9 décembre, Larry décommande tout le monde. La fête est annulée.

Depuis quelques jours, il regardait Claude s'agiter. La voyait s'essouffler, s'épuiser, tordre la figure dans de soudaines grimaces de douleur, le souffle court. La veille encore, il l'avait interrogée. « Tout va bien ? » « Oui, oui, tout va bien… » « Tu es sûre ? » Claude avait tenté un sourire. « Oui, je suis sûre. Cesse de me questionner et de nous faire perdre du temps… » Larry avait failli y croire. Mais d'un coup, il l'avait vue pâlir, se couvrir d'une transpiration glaciale, chancelante. Il l'avait rattrapée de justesse, allongée sur le canapé. Le lendemain, aux premières heures, il envoyait ses télégrammes d'annulation.

Claude a un cancer du poumon. Elle est hospitalisée dans une clinique à Genève. Larry reste veiller à ses côtés, convaincu que le personnel néglige les patients la nuit. Quand l'infirmière fait ses soins, Larry attend dans le cabinet de toilette avec une gourde de café et une flasque de whisky. Un soir, pendant cette séance, il perçoit la voix fatiguée de Claude. « Là, dans le tiroir de la table de chevet... » Il entend le tiroir qui glisse. « Vous voyez le poudrier, le rouge à lèvres... » « Oui, oui, répond l'infirmière, tout est là, ne vous inquiétez pas. » « Je voudrais vous demander quelque chose... S'il vous plaît... » « Dites-moi. » « Quand je serai morte, maquillez-moi... » L'infirmière hésite. Elle marque un temps, se ressaisit. « Oui, bien sûr, je peux le faire. » Claude lâche un souffle, comme un soulagement. « Je veux être présentable pour Larry... Promettez-moi... »

Le 1er janvier 1967, au petit matin, Claude meurt. À son biographe, Ian MacNiven, Durrell a raconté ceci : « Elle est morte au moment du changement d'équipe, j'étais seul avec elle et j'ai donc suivi ses instructions. Elle avait laissé ses affaires de maquillage dans la table de chevet. C'est étrange de maquiller un visage mort que vous connaissez si bien. C'était comme farder une infante morte. » Une fable triste… Rien ne tient et surtout pas les capacités de Larry à maquiller qui que ce soit. Une appropriation… Larry transforme la mort de Claude en son moment à lui, se met en scène dans un geste magique. On voit les doigts glissant sur le visage, les mains effleurant les contours, le rose renaissant sur les pommettes, le rouge sur les lèvres. Pygmalion donne vie à Galatée. Comme pour le manuscrit de *Gilt Silence* oublié pendant des années dans une malle, Larry se construit un personnage pétri du respect des volontés de la défunte alors qu'il les instrumente pour sa fiction personnelle.

Claude lui appartient. Il ne la partage avec personne. Il ne laisse aucune place à l'inquiétude des autres, à leur peine. Dès les jours précédant son décès, il l'escamote. Diana, la fille de Claude, a dix-neuf ans. Elle vit à Genève. Depuis que sa mère a été hospitalisée dans cette ville, elle la voit chaque jour, constate comme Larry que la malade se dégrade. Ils viennent de sortir de la chambre, sont assis sur les fauteuils du couloir. Il regarde le sol, soupire. « Il faut que tu appelles Barry et que tu lui demandes de venir d'Angleterre. » Diana opine. « Oui, je vais le faire, je crois qu'il est temps. » Elle réfléchit à haute voix : « Sapph' pourrait faire le voyage avec lui. » Larry relève brusquement la tête. « Sappho ? Il n'en est pas question ! Je t'interdis de la prévenir. » L'éclat de voix fait sursauter l'infirmière derrière son comptoir. Diana est interloquée, elle ne veut pas croire ce qu'elle vient d'entendre. Claude que Sappho aime tant, les étés tous ensemble, les souvenirs, et même Penelope qui avait fini par revenir dans le cercle, tout cela ne compte pas ? Elle fixe Larry, tente de rester calme pour ne pas faire un esclandre et articule posément : « Peux-tu m'expliquer pourquoi tu ne veux pas que je prévienne Sappho et Penelope ? » Larry répond sur le même mode : « Parce que ce n'est pas leur mère qui est mourante. » Diana sent une bouffée de colère la saisir, se lève, prend son sac, son manteau sous le bras et s'enfuit.

Après la mort de Claude, c'est pire. Larry attise les douleurs en ne prévenant personne. Ni son frère Gerry, ni ses cousins anglais, ni la famille française. Tout ce monde apprend la mort de Claude quand la crémation a déjà eu lieu. Pas de cérémonie, pas d'émotion collective, pas de retrouvailles. Je pense me souvenir du jour où mon père Dan l'a appris. J'ai six ans, je suis en pyjama, je le vois de dos dans un fauteuil et j'entends encore ma mère dire : « Il faut être très gentille avec papa. » J'ai su plus tard que Dan en voulait à Claude de n'avoir pas fait le voyage à Tanger pour être auprès de Claire dans ses derniers jours. Ce soir-là, écroulé dans son fauteuil, Dan comprend pourquoi. Tant d'années plus tard, quand je repense à toute cette séquence, je suis très en colère.

On s'énerve toujours trop vite. Je me trompe de combat. Larry n'aura pas été le premier ni le dernier à s'approprier un mort, incapable de le donner en partage au chagrin des autres. Quant à l'affabulation, l'histoire qu'il élabore autour de cette mort, peut-être est-ce là son dernier cadeau. Il transforme les ultimes moments de sa femme, la convie dans la substance de sa création. Telle est l'expression de l'amour de Larry pour Claude. Cette rencontre qui lui a ouvert les portes de l'Alexandrie du *Quatuor*. Celle que l'on retrouve dans le personnage de Clea, le fil conducteur des quatre livres, la femme qui clôt la traversée. *Clea*, titre du dernier tome, est un hommage à Claude, affirment les durrelliens. À mon tour de laisser la rancœur de côté, de renoncer à l'envie folle de protéger Claude, de la sauver. Il faut être honnête, abandonner cette histoire de maquillage et ne garder que ce qu'a écrit Durrell treize ans plus tard, dans un court livre intitulé *A Smile in the Mind's Eye* :

> Toute une nuit, les yeux bleus, les yeux bleu saphir au sourire privilégié, me fixèrent avec un air de bonheur espiègle. Pendant ce merveilleux échange, je m'étais rendu compte que le plaisir égoïste n'avait tenu aucune place entre nous. J'étais confronté à la fleur céruléenne d'un savoir achevé. Ce n'est qu'aux premières heures de l'aube que le regard devint vert comme la mer, puis légèrement vitreux et commença à perdre son pollen, à s'embrumer. Au sortir de ces longues heures d'attention éperdue, je m'étais senti profondément enrichi par ce calme regard tantrique venu de l'autre côté de la mort. Avoir été aimé ! Je comprenais soudain que c'était là un formidable compliment.

*

Nous sommes à Nîmes, mon compagnon, Marc, et moi. Au bout du chemin d'Engance, le mazet Michel est vide. Son ancien propriétaire est mort il y a quelques années. Nous nous glissons dans le parc. Les trois maisonnettes sont là, masquées par les oliviers, petites constructions de plain-pied. Les volets sont clos, la terrasse semble attendre qu'on les ouvre, qu'on ajoute une ou deux chaises, une table pliante. J'essaie d'imaginer Claude sortant là un matin, les cheveux bouclés ébouriffés, les yeux ensommeillés qui plissent dans l'éclat du soleil. Je ne sais pas ce que je cherche.

Nous allons à Sommières. L'entrée du 15, route de Saussines est somptueuse à sa manière, avec deux piliers encadrant un escalier. L'énorme maison est masquée par de grands arbres. Formé à l'école du photoreportage, Marc grimpe sur le mur d'enceinte, fait quelques clichés. Je découvre sur ses images une demeure posée dans un parc bien soigné. J'imagine Larry passant les dernières années de sa vie dans cet endroit qu'il n'avait pas choisi, qu'il avait fini par faire sien. Il y est mort en 1990. Pendant les cinq années qui ont suivi la disparition de sa femme, l'urne funéraire est restée dans l'une des chambres. Dix ans plus tard, Ghislaine de Boysson, la quatrième épouse de Larry, l'a conjuré d'organiser enfin les funérailles de Claude. Ses cendres ont été dispersées au cimetière de la chapelle Saint-Julien à Salinelles, là où le seront aussi celles de Larry.

Nous allons à Salinelles. Le village est à quelques kilomètres de Sommières. La chapelle est à l'écart, sur une hauteur, entourée par le cimetière. Je fais le tour des tombes, une fois, deux fois. Marc, il n'y a rien, j'ai vérifié tous les noms… Et là, tu as regardé ? Une tombe couverte de feuillages et de buissons désordonnés, bien à l'image des deux. Mais sous les feuilles, on aperçoit un autre nom. Me revient alors avoir lu quelque part que la dispersion des cendres de Claude avait été faite « sur une plaine ». La plaine est là, derrière la chapelle, immense, couverte de vignes, s'étalant vers l'horizon. Voilà. La fin du voyage. Pas une plaque, pas une dernière demeure. Claude est partie d'Alexandrie et, au bout du périple, aucune arrivée nulle part. Marc me prend la main. Nous faisons le tour de la chapelle. On entend des voix, des rires. Assise sur un muret, une petite troupe d'amies piqueniquent. Elles se sont installées face à la plaine, face à cette vue, dans ce bel endroit. Il fait beau. C'est un bon moment, un moment heureux. Un de ceux que Claude aurait aimé partager.

Paris, le 24 mars 2021

Remerciements

Parmi les membres de ma famille qui m'ont ouvert leurs albums de photos et leurs souvenirs, je tiens à remercier mes cousins Jimmy Mawas et Betty Emir. Rosette était leur grand-mère. Je dois à Jimmy Mawas les éléments qui m'ont permis de reconstituer la première vie alexandrine de Rosette et à Betty une conversation dont est sorti le sens de ce que j'étais en train de construire.

Je remercie également mon cousin Barry Forde, le fils de Claude. Il m'a confié le dernier manuscrit de sa mère, trésor inédit. Ma gratitude va aussi à ma cousine Claudia Mitchell, la petite-fille de Claude, qui m'a donné accès à de précieuses lettres et photographies.

Je tiens à remercier les spécialistes de Lawrence Durrell qui m'ont aidée à cerner ce qu'avait été le rôle de son épouse Claude dans leur vie littéraire partagée. Merci donc à Bruce Redwine, Richard Pine, Anthony Hirst et Norah Perkins.

Chaleureux remerciements aussi à ceux qui m'ont aidée à retrouver les traces de Claude à Nîmes et à Sommières : David Greene, Catherine et Bienvenido Del Pino.

Enfin, je remercie Sylvie Delassus et Mélie Chen, chez Stock, de leur confiance et de leur relecture aiguisée ainsi que Vincent Brocvielle, accompagnateur exigeant de ce livre et ami précieux.

Table

Cet ouvrage a été composé
par PCA
et achevé d'imprimer en France
par CPI BRODARD & TAUPIN (72200 La Flèche)
pour le compte des Éditions Stock
21, rue du Montparnasse, 75006 Paris
en avril 2022

Imprimé en France

Dépôt légal : mai 2022
N° d'édition : 01 - N° d'impression : 3047658
82-51-5786/8